痛いのは嫌なので
防御力に極
したいと思います。
［著］夕蜜柑
［イラスト］狐印
All points are divided to VIT. Because a painful one isn't liked.
10
サリー
Sally's STATUS
Lv64
HP 32/32
MP 130/130
[STR 125]
[VIT 0]
[AGI 180]
[DEX 45]
[INT 60]

ヒナタ
人形を抱えた女の子。
敵の行動を制限しながら戦う、
ベルベットのパートナー。
ベルベット
雷を纏って戦う少女。
新鋭ギルド【thunder storm】の
ギルドマスター。

ウィルバート
常に余裕を崩さない弓使い。
スキルなしで必中の矢を放つ。
リリィ
【ラピッドファイア】の
ギルドマスター。
メイド服に身を包み、
味方の支援・指揮を得意とする。
新たなライバルとの出会いにて

七層の隠しエリアにて
「これ掴めるんだ！」
「んー、小さくなった宇宙の中にいる感じかな？」

SKILL Gale slash / Defense break / Encouragement / Down attack / Power attack /
Switch attack / Pinpoint attack / Consecutive slash V / Martial Art VIII / Fire Magic III /
Water Magic III / Wind Magic III / Ground Magic III / Dark Magic III / Light Magic III /
STR Enhancement large / Consecutive attack Enhancement large /
MP Enhancement medium / MP Saving medium /
MP Recovery speed Enhancement medium / Poison Resistance small /
Collecting speed Enhancement small / Knowledge of the dagger X /
Secret of the dagger I / Knowledge of Magic III / Status effect attack VIII / Hiding signs
Detecting signs II / Stealthy steps I / Leaping V / Quick Change / Cooking I / Fishing /
Swimming X / Diving X / Shearing / Super Acceleration / Ancient Ocean / Addition of a
Jack of all trades / Sword Dance / Cicada shell / Thread Master VII / Ice Pillar / Frost Z
Bond with Hades / Huge eruption / Water Operation V
Sally's STATUS
Lv64 HP 32/32 MP 130/130
[STR 125] [VIT 0] [AGI 180] [DEX 45] [INT 60]
痛いのは嫌なので防御力に極振りしたいと思います。
[著] 夕蜜柑
[イラスト] 狐印
10
Welcome to
“NewWorld Online”.

口絵・本文イラスト
狐印

装丁
AFTERGLOW

CONTENTS

All points are divided to VIT.
Because
a painful one isn't liked.

0850 1048 4070 7603

NewWorld Online STATUS

GUILD 楓の木

NAME メイプル Maple　Lv 62

HP 200/200　MP 22/22

PROFILE

最強最硬の大盾使い

ゲーム初心者だったが、防御力に極振りし、どんな攻撃もノーダメージな最硬大盾使いとなる。なんでも楽しめる真っ直ぐな性格で、発想の突飛さで周囲を驚かせることもしばしば。戦闘では、あらゆる攻撃を無効化しつつ数々の強力無比なカウンタースキルを叩き込む。

STATUS

STR 000　VIT 16170　AGI 000

DEX 000　INT 000

EQUIPMENT

- 新月 skill 毒竜（ヒドラ）
- 闇夜ノ写 skill 悪食 / 水底への誘い
- 黒薔薇ノ鎧 skill 滲み出る混沌
- 絆の架け橋
- タフネスリング
- 命の指輪

SKILL

シールドアタック　体捌き　攻撃逸らし　瞑想　挑発　鼓舞　ヘビーボディ

HP強化小　MP強化小　深緑の加護

大盾の心得Ⅷ　カバームーブⅣ　カバー　ピアースガード　カウンター　クイックチェンジ

絶対防御　極悪非道　大物喰らい（ジャイアントキリング）　毒竜喰らい（ヒドライーター）　爆弾喰らい（ボムイーター）　羊喰らい（シープイーター）

不屈の守護者　念力（サイコキネシス）　フォートレス　身捧ぐ慈愛　機械神　蠱毒の呪法　凍てつく大地

百鬼夜行Ⅰ　天王の玉座　冥界の縁　結晶化　大噴火　不壊の盾

TAME MONSTER

Name シロップ　高い防御力を誇る亀のモンスター

巨大化　精霊砲　大自然　etc.

oints are divided to VIT. Because a painful one isn't liked

elcome to "NewWorld Online"

6892 1179 0606 0847

NewWorld Online STATUS

GUILD 楓の木

NAME サリー Sally

LV 64

HP 32/32 MP 130/130

PROFILE

絶対回避の暗殺者

メイプルの親友であり相棒である、しっかり者の少女。友達思いで、メイプルと一緒にゲームを楽しむことを心がけている。軽装の短剣二刀流をバトルスタイルとし、驚異的な集中力とプレイヤースキルで、あらゆる攻撃を回避する。

STATUS

STR 125 VIT 000 AGI 180
DEX 045 INT 060

EQUIPMENT

深海のダガー 水底のダガー
水面のマフラー skill 蜃気楼
大海のコート skill 大海
大海の衣 死者の足 skill 黄泉への一歩
絆の架け橋

SKILL

疾風斬り ディフェンスブレイク 鼓舞
ダウンアタック パワーアタック スイッチアタック ピンポイントアタック
連撃剣Ⅴ 体術Ⅷ 火魔法Ⅲ 水魔法Ⅲ 風魔法Ⅲ 土魔法Ⅲ 闇魔法Ⅲ 光魔法Ⅲ
筋力強化大 連撃強化大
MP強化中 MPカット中 MP回復速度強化中 毒耐性小 採取速度強化小
短剣の心得Ⅹ 魔法の心得Ⅲ 短剣の極意Ⅰ
状態異常攻撃Ⅷ 気配遮断Ⅲ 気配察知Ⅱ しのび足Ⅰ 跳躍Ⅴ クイックチェンジ
料理Ⅰ 釣り 水泳Ⅹ 潜水Ⅹ 毛刈り
超加速 古代ノ海 追刃 器用貧乏 剣ノ舞 空蝉 糸使いⅦ 氷柱 氷結領域
冥界の縁 大噴火 水操術Ⅴ

TAME MONSTER

Name 朧 多彩なスキルで敵を翻弄する狐のモンスター

瞬影 影分身 拘束結界 etc.

All points are divided to VIT. Because a painful one isn't li...
Welcome to "NewWorld Online"

0557 4654 3729 1094

NewWorld Online STATUS

GUILD 楓の木

NAME クロム Kuromu

LV 82

HP 940/940 MP 52/52

PROFILE

不撓不屈のゾンビ盾

NewWorld Onlineで古くから名の知られた上位プレイヤー。面倒見がよく頼りになる兄貴分。メイプルと同じ大盾使いで、どんな攻撃にも50%の確率でHP1を残して耐えられるユニーク装備を持ち、豊富な回復スキルも相まってしぶとく戦線を維持する。

STATUS

STR 135 VIT 180 AGI 040

DEX 030 INT 020

EQUIPMENT

首落とし skill 命喰らい

怨霊の壁 skill 吸魂

血塗れ髑髏 skill 魂喰らい

血染めの白鎧 skill デッド・オア・アライブ

頑健の指輪 鉄壁の指輪

絆の架け橋

SKILL

刺突 属性剣 シールドアタック 体捌き 攻撃逸らし 大防御 挑発

鉄壁体制

防壁 アイアンボディ ヘビーボディ

HP強化大 HP回復速度強化大 MP強化大 深緑の加護

大盾の心得X 防御の心得X カバームーブX カバー ピアースガード カウンター

ガードオーラ 防御陣形 守護の力 大盾の極意Ⅷ 防御の極意Ⅵ

毒無効 麻痺無効 スタン無効 睡眠無効 氷結無効 炎上耐性大

採掘Ⅳ 採取Ⅶ 毛刈り

精霊の光 不屈の守護者 バトルヒーリング 死霊の泥 結晶化 活性化

TAME MONSTER

Name ネクロ 身に纏うことで真価を発揮する鎧型モンスター

幽鎧装着(アーマード) 衝撃反射 etc.

oints are divided to VIT. Because a painful one isn't like

elcome to "NewWorld Online"

1121 6511 1627 4925

NewWorld Online STATUS

GUILD **楓の木**

NAME **イズ** Iz

LV **68**

HP 100/100 MP 100/100

PROFILE

超一流の生産職

モノづくりに強いこだわりとプライドを持つ生産特化型プレイヤー。ゲームで思い通りに服、武器、鎧、アイテムなどを作れることに魅力を感じている。戦闘には極力関わらないスタイルだったが、最近は攻撃や支援をアイテムで担当することも。

STATUS

STR 045 VIT 020 AGI 080

DEX 210 INT 085

EQUIPMENT

- 鍛冶屋のハンマー・X
- 錬金術士のゴーグル skill 天邪鬼な錬金術
- 錬金術士のロングコート skill 魔法工房
- 鍛冶屋のレギンス・X
- 錬金術士のブーツ skill 新境地
- ポーションポーチ
- アイテムポーチ
- 絆の架け橋

SKILL

ストライク

生産の心得X 生産の極意X

強化成功率強化大 採取速度強化大 採掘速度強化大

生産個数増加大 生産速度強化大

状態異常攻撃Ⅲ しのび足Ⅴ 遠見

鍛治X 裁縫X 栽培X 調合X 加工X 料理X 採掘X 採取X 水泳Ⅶ 潜水Ⅷ

毛刈り

鍛治神の加護X 観察眼 特性付与Ⅳ 植物学 鉱物学

TAME MONSTER

Name **フェイ** アイテム製作をサポートする精霊

アイテム強化 リサイクル etc.

ll points are divided to VIT. Because a painful one isn't li

Welcome to "NewWorld Online

2128 0779 2864 5999

NewWorld Online STATUS

GUILD 楓の木

NAME カスミ Kasumi

LV 79

HP 435/435 MP 70/70

PROFILE

孤高のソードダンサー

ソロプレイヤーとしても高い実力を持つ刀使いの女性プレイヤー。一歩引いて物事を考えられる落ち着いた性格で、メイプル・サリーの規格外コンビにはいつも驚かされている。戦局に応じて様々な刀スキルを繰り出しながら戦う。

STATUS

STR 205 VIT 080 AGI 095

DEX 030 INT 030

EQUIPMENT

身喰らいの妖刀・紫 / 桜色の髪留め

桜の衣 / 今紫の袴 / 侍の脛当

侍の手甲 / 金の帯留め

絆の架け橋 / 桜の紋章

SKILL

一閃 兜割り ガードブレイク 斬り払い 見切り 鼓舞 攻撃体制

刀術X 一刀両断 投擲 パワーオーラ 鎧斬り

HP強化大 MP強化中 攻撃強化大 毒無効 麻痺無効 スタン耐性大 睡眠耐性大

氷結耐性中 炎上耐性大

長剣の心得X 刀の心得X 長剣の極意VI 刀の極意VII

採掘IV 採取VI 潜水V 水泳VI 跳躍VII 毛刈り

遠見 不屈 剣気 勇猛 怪力 超加速 常在戦場 心眼

TAME MONSTER

Name ハク 霧の中からの奇襲を得意とする白蛇

超巨大化 麻痺毒 etc.

points are divided to VIT. Because a painful one isn't liked

elcome to "NewWorld Online"

3030 8825 2743 3535

NewWorld Online STATUS

GUILD 楓の木

NAME カナデ Kanade

LV 55

HP 335/335 MP 250/250

PROFILE

気まぐれな天才魔術師

中性的な容姿の、ずば抜けた記憶力を持つ天才プレイヤー。その頭脳ゆえ人付き合いを避けるタイプだったが、無邪気なメイプルとは打ち解け仲良くなる。様々な魔法を事前に魔導書としてストックしておくことができる。

STATUS

STR 015 VIT 010 AGI 090

DEX 050 INT 115

EQUIPMENT

神々の叡智 skill 神界書庫

ダイヤのキャスケット・Ⅷ

知恵のコート・Ⅵ 知恵のレギンス・Ⅷ

知恵のブーツ・Ⅵ

スペードのイヤリング

魔道士のグローブ 絆の架け橋

SKILL

魔法の心得Ⅷ 高速詠唱

MP強化大 MPカット大 MP回復速度強化大 魔法威力強化中 深緑の加護

火魔法Ⅶ 水魔法Ⅴ 風魔法Ⅶ 土魔法Ⅴ 闇魔法Ⅲ 光魔法Ⅶ

魔導書庫 死霊の泥

魔法融合

TAME MONSTER

Name ソウ プレイヤーの能力をコピーできるスライム

擬態 分裂 etc.

ll points are divided to VIT. Because a painful one isn't li

Welcome to "NewWorld Online

5615 1896 1080 8803

NewWorld Online STATUS

GUILD 楓の木

NAME マイ Mai

LV 50

HP 35/35 MP 20/20

PROFILE

双子の侵略者

メイプルがスカウトした双子の攻撃極振り初心者プレイヤーの片割れ。ユイの姉で、皆の役に立てるように精一杯頑張っている。ゲーム内最高峰の攻撃力を持ち、近距離の敵なら二刀流のハンマーで粉砕する。

STATUS

STR 500 VIT 000 AGI 000

DEX 000 INT 000

EQUIPMENT

破壊の黒槌・X

ブラックドールドレス・X

ブラックドールタイツ・X

ブラックドールシューズ・X

小さなリボン シルクグローブ

絆の架け橋

SKILL

「ダブルスタンプ」「ダブルインパクト」「ダブルストライク」

「攻撃強化大」「大槌の心得X」

「投擲」「飛撃」

「侵略者」「破壊王」「大物喰らい(ジャイアントキリング)」「決戦仕様(デストロイモード)」

TAME MONSTER

Name ツキミ 黒い毛並みが特徴の熊のモンスター

「パワーシェア」「ブライトスター」 etc.

oints are divided to VIT. Because a painful one isn't liked

elcome to "NewWorld Online"

5272 0557 2241 2738

NewWorld Online STATUS

GUILD 楓の木

NAME ユイ　Yui　LV 50

HP 35/35　MP 20/20

PROFILE

双子の破壊王

メイプルがスカウトした双子の攻撃極振り初心者プレイヤーの片割れ。マイの妹で、マイよりも前向きで立ち直りが早い。ゲーム内最高峰の攻撃力を持ち、遠距離の敵ならイズお手製の鉄球を投げて粉砕する。

STATUS

STR 500　VIT 000　AGI 000

DEX 000　INT 000

EQUIPMENT

- 破壊の白槌・X
- ホワイトドールドレス・X
- ホワイトドールタイツ・X
- ホワイトドールシューズ・X
- 小さなリボン
- シルクグローブ
- 絆の架け橋

SKILL

ダブルスタンプ　ダブルインパクト　ダブルストライク

攻撃強化大　大槌の心得X

投擲　飛撃

侵略者　破壊王　大物喰らい（ジャイアントキリング）　決戦仕様（デストロイモード）

TAME MONSTER

Name ユキミ　白い毛並みが特徴の熊のモンスター

パワーシェア　ブライトスター　etc.

プロローグ

目標通り第八回イベント本戦最高難易度に挑むことができた【楓の木】の八人は、時間加速下のイベント用フィールドで三日間メダル集めをすることとなった。

貰えるメダルが生存日数に応じて増えるため生き残ることが重要になるが、フィールド上のダンジョンに配置されているメダルを集めてより多くのメダルを得ることもできる。死なないように気をつけつつ危険を冒すことができれば、よりよい結果を得られるわけだ。

そんなイベントで、メイプル達は一日目は二手に分かれ、新たな戦力であるテイムモンスターの力を生かし、順調にダンジョンを攻略しボスを撃破する。

今回のイベントは、一度死亡すればそこで終わりという状況ではあったものの、防御力に優れたメイプルを中心に、生き残ることに長けた面々が慎重に攻略すればよっぽどの想定外がなければ問題ない。

そうしてメイプル達は欲張らずに早めに探索を切り上げて、一日目を終えることに成功した。

そんな八人だったが、二日目にはイベントのギミックによって全員がフィールドの別々の場所に転移させられることとなる。

プレイヤーが皆、メッセージによる連絡を断たれ、マップが見られなくなるという悪条件でモンスターの凶暴化したフィールドへランダムに転移させられる中、必然的に強い者が生き残り、メイプル達【楓の木】は偶然合流した【集う聖剣】【炎帝ノ国】と共闘関係を築くこととなる。

空中で花火のように爆発するメイプルを目印に集まった三つのギルドは、再設営した元【楓の木】拠点の洞窟で、モンスターを迎え撃つことに成功した。

そしてモンスターの強さを測ることができた十六人は、改めてダンジョン探索に打って出る。メイプル達は相性が良いように三ギルド混成のパーティーを結成し、それぞれがダンジョンを攻略してメダルを持ち帰り、三日目を待つこととなる。

そうして三日目、フィールドのどこにいても見えるような第八回イベントの巨大ボスがマップ全体に攻撃を繰り出す中、ペイン、ミィ達との協力によりそれを撃破し、スキルを手に入れられるだけのメダルを確保してイベントを終えることができたのだった。

一章　防御特化と一層巡り。

第八回イベントも終わり、【楓の木】はイベントでの目標も達成できた。後は手に入れたメダルの使い道である。イベントで得られるメダルは、レアなスキルやアイテムと交換することができる。

もっとも、二人はほぼ装備が固まっていることもあり、お目当てはスキルのほうだ。

楓と理沙は学校からの帰り道を歩きながら、それについて話していた。

「楓はどんなスキルにするか決めたの？」

「まだだよー。交換期限はまだ先だしギリギリまで考えようかなって」

「他の皆と一緒かー」

「理沙は？」

「私も。しばらく次のイベントは来ないし、急に欲しくなったスキルっていうのも今のところないしね」

理沙の言うように、ギルドの戦力が重要だった第八回のイベントが終わったばかりで、【楓の木】は急いで戦力増強をする必要はない。七層がかなり広く作られているのもあって、八層の実装にもまだしばらくかかりそうだったため、目先の目標も特にないのが現状である。

「またのんびりできるね！」

「そうだね。レベル上げとスキル探しでもして次に備えるかー」

理沙がそう言うと、楓は一つ思いついたという風に表情を明るくする。

「……そうだ！　スキル探すなら、一緒に今までの層巡りしない？　行けてない場所もまだまだあるし！」

「確かに。ＮＷＯは階層ごとがすごい広いもんね。一層でも【絶対防御】とか取れたりしたし、他にも何かあるかも」

理沙としても行けていない場所を探索するのはアリだと思えた。色々と隠されたものがあること は楓がその身で証明している。ただ、楓の表情から察するにスキルやアイテム探しをすることが主目的ではないことは明らかだった。

「ふふっ、そうだね。観光ついでに、スキル探しもしよっか」

「あはは、分かっちゃった？」

「まあね？　いいよ、いいスポット探しに行こう。計画なんてなくてもいいよね？」

「うん！　まだ見ぬ秘境探しってことで！」

戦闘が一つの楽しみ方なら、ただゲームの世界を歩き回ることも楽しみ方の一つである。

イベントで激しい戦闘を終えたばかりの二人は、一層から七層まで、のんびり歩き回ることにしたのだった。

「あ、もちろん六層はいかないからね！」

六層はサリーが苦手なホラーエリアになっており、観光どころではないのである。わざわざそんなところに息抜きに行く必要はないだろう。

「はい……助かります……じゃあまた、ゲームで」

「うん！」

帰り道で二人は手を振って別れる。楽しみだというように足取り軽く駆けていく楓を見て、理沙からは思わず笑みが溢れる。

理沙も帰り道を歩きつつ、今までの冒険のことを思い返す。

楓は今まで遊んできたゲームと比べれば遥かに長く続けているし、ずっと楽しそうにしている。

理沙はそれが何より嬉しく、しかしそれがいつまで続くのか考えて少し不安になる。

「……今は楽しまないとね！　あそこまでハマってくれるなんて初めてだし」

今、楽しんでくれている。自分も楽しんでいる。

それでいいのだと、理沙はゲーム起動のために家へと急ぐのだった。

急いで家に帰った理沙は、着替えなどを済ませると早速ゲームにログインした。ここではサリー

として、メイプルの到着を待つ。

「ごめんねー！　待った？」

「いや、今来たところ。で、本当に今日は何の計画もないよ？」

どうするかと改めて聞くと、メイプルはにこっと笑って何の計画も立てずにのんびり歩き回ることを再提案する。

「じゃあ、行こっか。今実装されてる層ならモンスターは相手にならないだろうし、準備もいらないでしょ」

「うん、しゅっぱーつ！」

メイプルとサリーの二人は一層に転移すると、町を見渡してみる。

ゲームが始まったばかりの頃と比べると実装されたエリアもかなり多くなったため、町にいる人の数は分散して少なくなっている。しかしそれでも、まだまだ町は活気にあふれていた。

「久しぶりだなぁ」

「どうしても新しい層の攻略と探索にかかりっきりになりがちだからね」

「どこ行こうか？」

「どこでもいいよ、メイプルの好きな所に」

「じゃあまずは町の中から！」

「おっけー」

二人は町を歩いて回る。かなり前にも一層の町は歩き回ったことがあるものの、そのときと比べるとプレイヤーも建物も、そこには確かに変化があった。

元々は用意されていなかったプレイヤーの店などがそれに当たる。最新の層と最初の層は人が多くなりがちなため、一層にも需要があるのである。

「そういえば、初期装備の人ほとんど見ないね」

「まあ、これだけ装備も衣装も充実するようになったら、見た目も性能も好きなのに着替えられるしね」

「それもそっか」

「最初の時しか味わえない雰囲気もあるってこと」

「なるほどー」

メイプルとサリーは見覚えのない店に順に入っていく。アクセサリーや服、早速ギルドに加入した人用の家具など、どこも七層に負けない品揃えである。

「おおー！　すごいね！」

「スキルのレベルが高くならないと作れるものに制限もあるだろうし、イズさんみたいに生産職の最前線にいる人がここにも店を出してるのかな？」

「おしゃれするの楽しいもんね」

メイプルがパタパタと店の奥へ向かっていくのに合わせてサリーも中へ入っていく。

「何か買っていく？」

「うーん、そうしようかなあ」

「ほら、さっきも結構目立ってたし」

「うう、前もそうだったね。ちょっと変な感じ」

メイプルは人の姿もそうでない姿も有名である。この特徴的な鎧を着ていれば、嫌でも注目されるというものだ。もちろん、サリーも同様である。

「ま、でもあんまり注目されるとのんびり観光もしにくいし。服装と見た目を変えていこう！」

「それなら、前に買った服がいいんじゃない？　ほらっ！」

メイプルはさっと装備を変更すると、白いワンピースになり髪型もロングヘアに変更する。

「サリーもあるでしょ？」

「うっ、まあ……あるけど。あれはちょっと……」

私には可愛らし過ぎて似合わないとサリーが言うと、メイプルはそんなことないとすぐに返す。

「じゃあせめて髪だけ変えさせて！　それくらいならいいでしょ？」

「んー、許可しよう」

「ふふっ、ありがと」

メイプルに許可をもらってサリーも服装を変更する。青を基調としていることは変わらないものの、フリルが増え、普段身につけないスカートに装備を変更する。以前一緒に買ったツインテールへの髪型変更だけはなしにして、いつもはポニーテールにしている髪をそのまま下ろすこととした。

「むぅ……意外性に欠けますね」

メイプルが顎に手を当ててそう言うとサリーはどうしたものかと一瞬考え、名案とばかりに返す。

「ほら、そこはお揃いってことでなんとか！」

メイプルは同じように真っ直ぐ下ろした自分の髪をちらっと見ると表情を緩める。

「えへへ、いいよー」

「おっけ！　じゃあ、普通に小物とか見ていこうよ。元々はそれが目的なんだし」

「そうだね！　サリーは何か欲しいものある？」

二人は売られている家具の一覧を見ながら、ギルドの自室のことを考える。イズに作ってもらうのもいいが、こういったところで買ってみるのもまたいいものである。

「んー、ギルドホームだとほとんどリビングにいるんだよね」

「私は自室に家具もちゃんと置いてみたよ！　レベル上げとかでフィールドにいると見られないけど……」

「そうなんだ。今度行ってみてもいい？」

「もちろん！　参考になるかは分からないけど。あ、サリーならこういうの似合うんじゃない？」

メイプルはシンプルでかっこいい家具をいくつか提案する。サリーは詳しくその家具を見ると、自分でも気に入ったのかそれらを全て購入した。

「おー！　大人買いだね」

「レベル上げついでに稼いでるからね。昔と違ってお金はあるってわけ」

「いいなー、私いっつもお金ないよー」

「メイプルは色々買ってるからね」

「またお金集めないとなあ……」

「その時は手伝うよ」

「ありがとう！　んん、買いたいものの目星くらいはつけておこうっと」

二人は店の品物を全て見終えると、店から出て町を歩き始める。

二人の狙い通り、服装や髪型を変えてしまえばぱっと一目でメイプルとサリーだとは分からない。

視線が消えたことで、二人は成功したと顔を見合わせ笑って、ある店へと入っていった。

それはまだゲームを始めてすぐの頃二人でケーキを食べた店である。

二人はまた同じようにケーキを頼むと話し始める。

「メイプルはここ来たのはあの時以来？」

「うん、一番新しい層でやること多かったから」

「まあ、実装されるものに常に追いつくのも大変だしね」

「そうそう、今はちょっとのんびりできそうだから」

「確かにね。メイプルはどの層が一番好きとかあるの？」

「難しいけど……どこも好きだよ！」

「メイプルらしいなあ」

無邪気に笑みを浮かべてそう返すメイプルは、心の底から何だって楽しんでいるように見える。見えるだけでなく、本当にそうなのだ。

「サリーは？」

「んー、メイプルと一緒なら基本どこでも」

「えへへ、本当？」

「もちろん。そのためにゲームに誘ったんだしね」

「ちゃんとバトルでも活躍できるしよかったー。今まで誘ってくれたゲームだと上手くいかなかったし」

「まあ、今回は上手くいき過ぎってくらいだけどね」

「あはは、そうだね」

サリーの方がゲームには遥かに慣れている。無理に合わせてもらわなくとも二人が同じくらいの強さになれていて、足並みを揃えられる今の状況はとても珍しいものなのだ。

そうして二人がケーキを食べつつ他愛ない話を続けていると、サリーが少し間を空けて切り出す。

「また、別の……」

「？」

メイプルが次の言葉を待っていると、サリーは少し笑って、切り替えるように店のメニューを開いた。

「いや、また別のケーキ食べる？　ほらメニュー」

「え、うん！　食べるよ！　サリーもどう？」

「もちろん。あ、でも前みたいに夢中で食べ過ぎないようにしないとね。まだまだ観光は始まったばかりなんだから」

「そうだね、気をつけないと！」

こうして二人はまた和やかな空気が流れる中、ケーキにフォークを伸ばすのだった。

ケーキを食べ終えた二人は満足気に店を出て、町を見て回ると、今度はフィールドに出ることにした。

「一層ならメイプルは鎧とかなしでも大丈夫でしょ？」

「ふふふ、もちろん！　装備なしでもＶＩＴ四桁(けた)あるもん！」

メイプルは念のために目立ちにくい短刀だけは装備しておいて、大盾などはしまったままである。

あんな派手な大盾を出せばメイプルだということはすぐに分かってしまう。

「戦闘は私に任せてよ。一層のモンスターなんかには負けないからさ」

「うん、任せる！」

二人は町の出口まで歩いてきたものの、さてどっちに向かおうかと考える。

「どこ行こうか？」

「メイプルの思うままっていうのでもいいけど。そうだなあ……」

サリーはそう言ってマップを開く。するとメイプルもそれを覗き込んでくる。

「前に一層を探索した時に、ここここは行ったよね。で、ここが地底湖でしょ？」

「うんうん」

「面白いイベントとか秘境っぽい所とかは一箇所に固まってあるわけじゃないと思うんだよね」

「確かにそうかも！」

「じゃあ、行ってない場所……この辺りかな。こっちの方を中心に行ってみない？」

「うん！　そーしよー！」

「決定！　じゃあ久しぶりに、乗ってく？」

「乗ってく！」

シロップの空中浮遊も【暴虐】もメイプルを象徴する移動手段である。それを使わないとなれば、移動方法はこれに決まる。

メイプルが背に乗って、しっかり肩に手を置いたことを確認してサリーは駆け出していく。

「最初は本当に遅かったもんね！」

「今はちょっとは克服できたよ！」

「今だとメイプルの背中に乗ることの方が多いしね」

「恩返しって感じで！」

「はいはい、モンスターは出来る限り避けていくよ！」

サリーのＡＧＩも上がっているため、一層にいた頃よりも遥かに速く風を切って駆けていく。

「ふふっ、目的地までしばらくお待ちくださいっ！」

「はーい！」

そうして、二人はまず目星をつけた場所までやってきた。陽の光が差し込み鳥の声が聞こえてくる森の入り口で、サリーは立ち止まってメイプルを下ろし、マップを再確認する。

「ここかな。かなり広い森になってるから何かあるかもね」

「全然他の人いないね。今でもこんなに綺麗なのに！」

「町から結構遠いから一層にしてはモンスターも強い方なんじゃない？」

「なるほどー。人がいない間は【身捧ぐ慈愛】使う？」

サリーがそう簡単に攻撃を受けるとは思えないものの、ＨＰとＶＩＴは一層から変わっていないため、レベルが上がれど一撃死なことに変わりはないのだ。

「のんびり歩き回る予定だし、お願いしようかな」

「はーい！」

メイプルは【身捧ぐ慈愛】を発動させると、サリーをその範囲に入れて森の中へ入っていく。サリーの言うように森はかなりの広さなため、マップを見つつ同じ場所を歩き回ってしまわないように探索する。

「あ！　リスだよサリー！」

「飛びかかってきてるけどね！」

森の中で動き回っているようなものは大抵がモンスターである。通常より少し大きいリスは素早い動きで茂みからメイプルに飛びかかるが、メイプルは両手を広げてそれを受け止める。ふわふわとした毛並みのリスは絶えず引っ掻いてくることを除けば可愛らしいものである。

「キャーッチ！」

「服の耐久値だけは気をつけてね？」

「あ、そうだね。じゃあ……ここに乗ってて！」

メイプルはリスを頭に乗せると手を離す。忙しなく頭の上から首辺りまでを動き回って攻撃しているものの、有効打はないようだった。

「町の近くは昆虫系のモンスターが多かったし、見る分にはこっちの方がいいね」

「うん！　他にも飛びついてこないかなあ……あっ！」

メイプルの頭に乗せていたリスは有効打がないと悟ったのか、頭から飛び降りて茂みの中へ逃げこんでしまう。

「そっかー、逃げちゃうもんね」

「まあ、レアモンスターって感じでもないしまたしばらくしたら飛びかかってくるんじゃない？」

「ふふん、いつでもおっけーだよ！」

メイプルはまだ見ぬモンスターにそう声をかけるとまた森を歩き回る。

「んー、普通の森……かな？　何かありそうな大きさだけど」

「でものんびりしてて楽しいよ？　お散歩って感じで！」

「そう？　ならよかった。何か食べながら行く？」

そう言ってサリーはインベントリから片手で持てるサンドイッチを取り出してメイプルに手渡す。

「ありがとー！　いただきまーす！　……ん、サリー見て見て！」

「え？　あ、蝶（ちょう）……？」

緑溢（あふ）れる森の中で光を受けて青く輝くその羽は分かりやすく目立って見えた。

「レアモンスターかな？　さっきまでは小動物タイプばかりだったし」

「飛んでっちゃうよ！　行ってみよう！」

「おっけー！」

サリーはメイプルを背に乗せると、ひょいひょいと木々の隙間（すきま）を縫うように走り、青い蝶を追いかける。しかし、その距離は一向に縮まらない。

「妙に速い……まあ、一層のモンスターに追いつけない筈ないんだけどね！」

「頑張れサリー！」

「任せて。見失わないように……！」

そうしてしばらく進むと木々の向こうから溢れる光が強くなり、二人は開けた場所に出る。

そこには少し大きめの木を中心に色とりどりの花が咲き誇る花畑が広がっており、二人が追いかけてきた青色の蝶が他にも何匹も飛んでいた。

「おー！」

「特にイベント……って訳でもないのかな？」

サリーはメイプルを下ろすと二人で花畑の方に歩いていく。メイプルは花畑の中心で楽しそうにくるくると回ると、今度はしゃがんで足元の花を確認する。

「むぅ、摘んで帰るのは無理みたい」

「そっか、じゃあ記念に写真でも撮っておく？」

「うん！　サリーもこっちこっち！」

木をバックに花畑も入るようにして、二人は一枚写真を撮る。サリーが画像を確認して、メイプルにそれを送った所でメイプルが突然もたれかかってきた。

「メイプル？」

「…………」

反応しないメイプルにサリーは何かが変だとステータスを確認する。すると、メイプルには睡眠の状態異常が掛かっており、サリーは原因を探るため辺りを見渡す。

「あの蝶かな……？」

よくよく見ると、陽の光によってキラキラと光る鱗粉が散っていることに気づいたサリーは、おそらくそれが原因だろうと予想する。

「やっぱり一層から中々厄介なのがいたんだね。まあ、メイプルなら大丈夫かな」

睡眠以外にも何か状態異常があるかもしれないが、メイプルのＨＰには現状変化はなく、攻撃を受けてもまずダメージは入らない。サリーも【身捧ぐ慈愛】の範囲内にいれば問題ない。

「でも、こういうタイプのモンスターがいるなら何かありそうだけど……当たりかな？」

メイプルを木の幹にもたれさせると、サリーは木の上に見えたキラッと光る何かを確認するため【身捧ぐ慈愛】の範囲に気をつけて木に登る。

「林檎……って言ってもこれは……」

蝶の羽と同じような青色をしたそれは文字通りの青リンゴである。食欲をそそるものではないが、宝石に似た綺麗さがあった。

「【睡眠の果実】……素材かな？　でもまあ、いい記念品になりそうだね」

サリーはそれを二つ採取すると木から下りていく。するとちょうどメイプルが睡眠から復帰したところだった。

「サリー、大丈夫⁉」

「メイプルのおかげでね。これは今見つけたお土産」

「すごい！　綺麗だね！」

「メイプルの分と私の分両方あるから記念ってことで」

「おおー！　じゃあじゃあ、今回の冒険の目標に、行った場所ごとに記念品を手に入れることも追加しよう！」

「いいね。どうする、もう少し花畑を満喫していく？」

そう言ってサリーはメイプルに睡眠耐性ポーションを見せる。メイプルはそれを受け取ることで返答とするのだった。


多少厄介といえどもモンスター自体は一層のものなため、メイプルに有効打を与えるようなモンスターは現れず、二人は気の済むまで花畑を堪能し、森を後にした。

「よかったねー。やっぱりまだまだ行ってないところいっぱいあるなあ……」

「何だかんだで一番新しい層にすぐ移動してるからね。それはそれで開拓していく感じが楽しいんだけどさ」

「次はどうするー？」

「んー、本当に何も決めずに出てきたしね。見たい景色とかある？　ほら、海が見たいとか山が見たいとか」

「んー、じゃあ空に浮かぶお城に行きたい！」

「……！　なるほどね。いいよ、いつか行こうって約束だったしね」

「えへへ、寄り道は時間がある時に目一杯しとかないと！」

いわゆる浮遊城。一層でサリーと訪れた向日葵畑でも見たものではあったが、層も増え、さまざまなダンジョンや地形が追加された今ならどこかにちゃんと攻略できるダンジョンとして存在していてもおかしくない。

「となると、流石にノープランの探索は切り上げかな。情報が出てないか探しに行こう。後は必要なものとかあるかもだしね」

「うん！」

「じゃあ、帰りも乗ってくでしょ？」

「はーい！」

「帰り道にも何かあるかもしれないしね」

「何もなくてもいいけどねっ！」

「……それは嬉しいな」

二人でこうしているだけで十分だというように笑いかけるメイプルにサリーも笑い返して、二人はまた町へと戻っていった。

二章　防御特化と浮遊城。

浮遊城の情報を探すため、町に戻った二人は早速、現在見つかっているダンジョンに目的のものがあるかを確認する。

「お、メイプル。あったよ」

「おおー！　ほんと!?」

「うん、まあ定番のロケーションだしね。って言っても場所は一層じゃなくて五層。それに観光スポットじゃなくて今回は完全にダンジョンだから、ちゃんと準備して行かないとだね」

「むぅ、じゃあ頑張らないとだ」

五層となれば、一層と比べれば二人が脅威だと感じるモンスターも増えることは間違いない。一層の花畑と違ってボスもいるようなダンジョンとなれば尚更である。

「眺めがいいかとかは流石に書いてないけど、五層の中でもかなり高い場所にあるっぽいし、きっと綺麗だよ」

「んー！　楽しみ！」

「じゃあ早速行こうか」

「うん！」

装備の耐久度を確認し、イズから貰っているポーション類を補充し直してから、二人は浮遊城へと向かうことにしたのだった。

「五層も久しぶりかも！」

「相変わらず眩しいくらい真っ白だね」

壁も地面もあらゆる場所が雲でできている五層はサリーの言うように眩しいくらい白ばかりである。浮遊城はここ最近でようやく見つかったダンジョンで、行き着くのにかなり時間がかかる場所にあるらしい。装備も一層で変装していた姿から戦闘用に戻し、目的地へ移動しつつ、サリーはメイプルに浮遊城の説明をする。

「最後は魔法陣での移動になるみたいだからシロップで飛んで直接って訳にはいかないみたい」

「ふんふん」

「道程はそこまで難しいわけじゃなくて、むしろ見逃しやすくて発見しにくいから今まで見つからなかった感じだね」

「そうなんだ！　うー、そういうところ初めに見つけられたらドキドキするだろうね！」

「そうだね。まあでも、メイプルは色々見つけてる方だと思うよ?」

色々見つけていなければメイプルはこんなスキル構成にはなっていないはずである。

「これからもいっぱい探索していきたいな！　サリーに良さそうな装備とかあったらあげるね」

「こっちもそのつもりっと、メイプル。ここだね」

「ここ?」

二人がやってきたのは周りを高く伸びる雲に囲まれた突き当たりである。五層では珍しくない光景であり、他にもいくつかこういった場所はあるため、注目もされてこなかったのだろう。

「何もないように見えるけど……情報通りなら……」

サリーは雲の壁に近づいていくと両手をぐっと押し込んでいく。何箇所かそうしたところで、突き出したサリーの手が雲の壁にズッとめり込んだ。

「あった！　ここを抜けられるみたい」

「へぇー、すごい……どうやって見つけたんだろ」

「偶然じゃない?　メイプルもだいたいそうでしょ?」

「確かにそうかも！」

無事浮遊城に続く道を見つけた二人は雲の中へと入っていく。今までにも増して周りは白に囲まれており、どこに先程のような隠し通路があるかを注意深く雲をかき分けて探す必要がある。

「うわぁ、綺麗だけど……どこに道があるか分からなくなるかも」

「まさに隠しダンジョンって感じだね。ま、今回は先駆者の知恵を借りてガンガン進むよ」

「うん！」

サリーが先頭に立って攻略ルートを確認しつつ、右へ左へと雲の中を進んでいく。モンスターが出てこない分、移動は複雑でも順調に探索を続けられていた。

そうして進むこと十数分。

「ふぃー、結構歩いた……のかな？」

「上下左右全部雲だと感覚変になってくるよね。でも、間違ってなければもう少しのはず……よしっ！」

サリーがまた一つ雲をかき分け向こう側を確認したところで、上手くいったというように声を上げる。メイプルも急いで横から顔を出してみると、そこには雲と同じ真っ白な素材でできた神殿のような建物があり、その中心から魔法陣の光が立ち上っているのが見えた。

「サリー、ここ？」

「そ。って言っても本番はここからだけどね」

「高い所だったら、きっと綺麗だろうなあ……」

「また写真でも撮っておけばいいよ」

「ふふーん、途中でも撮ってたけどね！」

「次はモンスターも出るから油断しないでよ？」

「分かってるってー！」

二人は魔法陣まで歩いていくと、せーので足を踏み出して目的の浮遊城へと転移していく。

転移の光が消えて二人がぱっと目を開けると、そこには五層では見たことのない、深い緑の葉をつけた木々が並んでいた。他の層であればよく見る光景だとしても、ここが五層なら新鮮に見えるというものである。

「おおー！　写真写真！」

「ここからの情報は見てないから、手探りになるよ……ってメイプル！」

サリーがメイプルの方を向くと、写真を撮る際の角度調整で後ろに下がっていくメイプルが見えた。ここは浮遊城で、転移先が端ならば後ろにあるのは空だけである。

「ふぇ？　わわっ！」

「っと！　もー気をつけてね。多分、落下したらダメージとかそういう次元の話じゃないし」

すんでのところでサリーに抱き寄せられて、後ろの崖から落ちるのは回避する。いくらメイプルの防御力が高くとも、即死と設定されている場所に落ちれば意味はない。

「助かったよー……ここが端っこだったんだね」

「うん。城だけじゃなくて周りの地形ごとダンジョンみたい」

改めて二人が周りを見渡すと、後ろは崖でどこまでも続く雲海が広がっており、目の前には森と、切り立った崖のようになっている山肌から突き出るようにして城がそびえ立っているのが見えた。

「山を利用して建てられた城とその周りの森か……結構大変な道程になるかも。シロップで飛んでいく？」

シロップで空を飛んでいけば途中のギミックを無視できる可能性は高い。しかしサリーのその提案にメイプルは暫く考えてから首を横に振った。

「んー……今回は無しで！」

「そう？」

「うん！　やっぱり真正面から攻略した方が達成感あるし！」

「なるほどね」

「それに、せっかくずっと前からいつか行こうって約束してたのに、すぐ終わっちゃったらもったいないし！」

「おっけー。じゃあ地道に真っ直ぐ、浮遊城最奥まで行こう！」

「おー！」

こうして二人は、山の頂上にちらりと見える城に向かって一歩を踏み出した。

二人が森へ踏み入ってすぐ、遠くに見える城の方から大きな咆哮が響き渡る。

「っ！」

「【捕食者】！」

サリーは武器を、メイプルは化物を呼び出してそれぞれ迎撃の構えを取る。

直後、木々の陰から小さな翼を持ったトカゲが次々と飛び出してきて二人に炎のブレスを吹きかけてくる。

「大丈夫っ！」

メイプルはまだ【身捧ぐ慈愛】を展開中であり、サリーが無理に回避する必要もない。どうやら浮遊城最初の雑魚モンスターだったようで、炎はメイプルになんら効果はなく、それを見て安心して攻撃に移れるようになったサリーに次々と斬り捨てられていく。

「わわっ、結構動き速いね！」

素早く動き回るトカゲは【捕食者】の口をするすると躱してしまい、こちらも有効とはいかなかった。

「サリー、任せるよー」

「うん！【身捧ぐ慈愛】だけでも助かる！」

メイプルがいると数を武器にするタイプのモンスターの強みはなくなってしまう。結局トカゲ達は火を吐く以上の大技を持っておらず、何もできずに一体残らず倒されたのだった。

「お疲れサリー！」

「ん、まあ小手調べって感じだったね」

そう言いつつサリーは木々の隙間から確認できる遠くの城をじっと見つめる。

「さっきの咆哮……今のトカゲのものじゃないし……」

「やっぱりボスかな？」

「かもね。また、竜退治になるかもよ？」

メイプルとサリーも今までに何度か、竜と呼べるようなモンスターと戦っている。やはり、力強い咆哮からはその姿が思い起こされるのだ。

「やっぱり強いかなあ……」

「まあ、ボスは結構強いだろうね。でも、だからこそいいんだよ！」

「えへへ、サリーの気持ちもなんとなく分かるようになってきたかも！　腕がなるってやつだよね！」

「そうそう」

とはいえ、目的のボスがいると思われる城まではまだまだ遠い。こんな所にいつまでもいては日が暮れてしまうというものである。

「よしっ、まずは森を抜けないと！」

「もう森歩きも慣れてきたでしょ？」

「うんっ！」

【身捧ぐ慈愛】により奇襲対策も万全なため、周りを観察して楽しむ余裕もできてくる。よくよく見るとモンスターではない小動物が駆け回っていたり、木の根元にカラフルなキノコが生えていたりして、メイプルはそれら一つ一つに目を輝かせる。

「いつも新鮮そうに楽しんでるの、いいな」

少し笑みをこぼしつつ、サリーは周りにモンスターがいないことを確認してメイプルに話しかける。

「そうかな？」

「うん、私は戦闘とかスキルのことばかり考えちゃうからさ」

「まだまだゲームは初心者ですから！」

「えー？　もう結構やってると思うけど」

「サリーと比べたらまだまだだよー」

比較対象がサリーならメイプルの言うこともっともである。

「なら、上級者としてちゃんと頑張らないとね」

「頼りにしてるよ！」

「じゃあ、早速戦闘といきますか！」

サリーがそう言った直後、茂みから二人の身の丈以上の大蛇が這いずり出てくる。いち早く気配を察知したサリーは素早い噛みつきを真横に躱して頭部から胴体にかけてを斬りつける。

「よーしっ、【挑発】！」

スキルに反応して大蛇がぐんと向きを変えてメイプルの方に向かう。大蛇がしてきそうな攻撃はメイプルにも予想がついていた。毒攻撃や麻痺攻撃なら問題なし、巻きつきや噛みつきなら大盾を構えておくだけでいいのだ。

「【悪食】でー、とうっ！」

飛びかかってきた蛇の頭を大盾でしっかり受け止めると、蛇の体は飲み込まれ、あっという間に消失した。

「おっけー！　上手くいった！」

「ナイス！　うん、モンスターの動きにも慣れてきてると思うよ」

「へへー、結構いろんな種類と戦ってきたからねっ」

「やっぱり初心者は卒業かな？」

「あはは、気が早いよー」

二人は和やかに会話しつつ、しかしモンスターの群れを全て蹴散らして、無傷のまま城の建てられた山の麓までたどり着いたのだった。

「す、すごいね」

「だね。どこかに入り口があると思うけど……」

二人は山の麓もとい崖の麓までやってきて、ほぼ垂直に空へ伸びる壁のような山肌を見上げていた。

　この壁をそのまま登るのは難しそうに見える。メイプルなどには尚更である。

「シロップみたいな飛行能力が前提な筈はないし、どこかに城の方へ続く普通のルートがあると思うんだよね」

「確かにそうかも」

　シロップや【救いの手】で増やした盾に挟まれての浮遊、サリーの【糸使い】などを使えば崖をそのまま登り切ることも可能だろう。ただ、それは一般的な解法でないことは間違いない。

「今回は真正面から攻略するって決めたし……」

「うん、崖の周りをぐるっと回ってみよう。何か見つかるかも」

　幸い森に出るモンスターは二人の敵ではないため、探索も苦にはならない。モンスターをいなしつつ壁のような山肌を横目に歩いていると、山側に変化があり、二人は足を止める。

　そこは高く空にそびえる山と山の境で、丁度谷のようになっている場所だった。誰かが通ったのか足元の草はなくなり自然に道ができている。そんな谷の奥、距離があれどもはっきりと見えるのは純白の素材で作られた門だった。

「周りの山は自然の城壁ってイメージなのかな？」

「おおっ、絶対ここ入り口だよ！」

「だね。では、城攻めといきますか？」

「おっけー！　準備万端だよっ！」

二人は武器を構えると、門に向かってまっすぐに進んでいく。ある程度進んで門がはっきりと見えるようになってきたところで、門の向こうから転移してすぐにも聞いたあの大きな咆哮が響いてくる。それに合わせて門が開きドラゴニュートと呼ばれるような、人型で翼を持った竜達が次々に飛んできた。

「メイプル、来るよ！」

「うんっ！【全武装展開】【攻撃開始】！」

正面から飛んでくるのであればこちらも弾幕で迎え撃つまでと、メイプルが大量の銃弾をばらまく。しかし、ドラゴニュートはそれら全てを体をひねり回避して高速で距離を詰めてくる。

「あ、当たらないよっ！」

「狙いがどうとかって感じじゃなさそう！　接近は諦めて！」

「分かった！」

近距離では戦えないような二人ではない。むしろ近距離こそが必殺の一撃を叩き込めるレンジである。

そんな中、先頭を飛んでいたドラゴニュートが急浮上し弾幕から逃れると、そのまま急降下してメイプルに突撃する。回避はできないメイプルは肩口に突撃からの噛みつきを受けると、そのままゼロ距離で吐き出された炎のブレスも直撃し、展開した兵器が砕け散る。

「メイプル！」

「ち、ちょっとびっくりしたけど……大丈夫みたい！　やっちゃってサリー！」

メイプルの体は兵器などよりよほど頑丈なのだ。竜の噛みつき程度で傷がつくようなものではない。今度はお返しとばかりにメイプルがゼロ距離で砲を突きつけ、両サイドの【捕食者】が襲いかかる。

「【凍てつく大地】！」

「【クインタプルスラッシュ】！」

飛び上がろうとした瞬間、地面が凍りつき、ドラゴニュートの足を大地に縫い止める。こうなってしまえば回避も何もないと、メイプルの全力砲撃とサリーの連撃が叩き込まれる。

流石にこれには耐えられなかったようで、その体は光となって消えていく。

一瞬の出来事。まだドラゴニュートは残っておりそれらは果敢に向かってくる。だがプレイヤーと違い、退いていかないモンスターは戦いやすいというものだ。

「迎え撃つ方が得意でしょ？」

「うん、その方がやりやすいかも」

メイプルはただ飛びかかってくるのを待てばいい。

サリーは隙を見逃さず斬り刻めばいい。

攻撃がクリーンヒットして、何一つダメージがなかった時点でドラゴニュートの運命はトカゲや大蛇と同じものだと決まっていたのだった。

「ふぅ、無事倒せたね」

「うん！　貫通攻撃なくてよかったあ」

ドラゴニュートの群れを無事に撃破した二人は、開いた門をくぐって奥へと進み城内部へと入っていった。城はあるところは山を掘り抜いて、あるところは山肌に沿うようにして、地形を利用して建てられており、今二人は何処とも分からない廊下を歩いているところだった。

門と同じく白い素材でできた床と壁は、雲とはまた違うものの、ここが五層であることを思い出させる。

「メイプルはゴールはどこだと思う？」

「うーん……一番上の方かな？」

「お、私と一緒だね」

今のところは両脇に部屋などはあれど、廊下自体は一本道だ。ただし、いつ分岐するかは分からない。

二人はボスがいるならやはり入り口から一番遠い場所だろうとあたりをつけて、転移してすぐにちらっと見えた城の部分、ひいては山の頂上を目指して歩き回る。

しばらくそうしていると予想通り廊下にも分岐が現れ始め、再びドラゴニュートが曲がり角から顔を出した。

「あ！　またさっきの！」

「でもちょっと違うよ。気をつけて！」

サリーの言うように先程とは違い、目の前のドラゴニュート達は元々硬そうだった鱗の上にさらに鎧を纏っている。拳も何らかの金属で覆われており、強化されている個体であることは間違いない。

向こうも二人に気づいたようでぐっと足に力を込め翼を広げる。

「メイプル【悪食】は？」

「さっきの群れに使ったから……あと五回！」

「一旦温存で！」

強化個体にも対処できるのなら、【悪食】はボスまで取っておきたいわけだ。【悪食】はメイプルの貴重な火力源であり、それの残り回数は二人の攻撃能力に直結している。無駄使いはできない。

「速さも行動も変わらないなら……はぁっ！」

飛行してくるドラゴニュートに対し、迎え撃つようにサリーが駆け出す。それに対し、ドラゴニュートはガパッと口を開くと全てを焼くような炎を廊下一面に吐き出す。いくらサリーといえど回避できるスペースが存在しない攻撃は避けられないため、被弾を避けるにはバックするしかない。

「大丈夫！　行ってサリー！」

「オーケー！」

　二人は吐き出されるブレスが門の前で戦った時と同じだと見切り、既に完成された対応をとる。

サリーは【身捧ぐ慈愛】を利用して炎を無力化すると、ブレスで硬直中のドラゴニュートに対し【跳躍】で一気に頭上を取る。

「【パワーアタック】！」

　サリーは体を捻ると頭の部分にダガーを振り下ろす。鎧によってダメージは軽減されたものの、狙いはそれではない。門での戦闘で飛行中にダメージを与えることさえできれば地面に叩き落とすことができると分かっていたのだ。

　二人の狙い通りドラゴニュートは地面に落ち、鎧が音を立てる。

「シロップ！　【大自然】！」

　動きが止まっている隙に、シロップに蔓を伸ばさせガッチリと拘束する。ここまでできればあとはサリーが斬り刻むだけであった。

「ふぅ、ナイスメイプル！」

「鎧はかっこよかったけどあんまり変わらなかったね」

「そうだね。でも装備付きってことはまたちょっと進んだってことじゃない？」

「部屋の中とかも変わるかな？」

「かもね。宝箱とかないか見ながら行こう」

二人は廊下に面した部屋は逐一中を確認しつつ、高級そうなソファーがあれば座って写真を撮ったりしながら、上り階段を見つけては上へ上へと向かっていく。

そうしていると今度は山肌に沿うように建てられた部分へとやってきた。窓からは歩いてきた森と、どこまでも広がる雲海が見え、かなりの高さまで上ってきたことが分かる。

「あ、サリー！　ほんとのドラゴンも飛んでるよ！」

「あれは背景みたいなもの、かな？　もしくはシロップみたいに飛んで近づいてくる変なものの対策用か……」

「五層だと他の人はまだモンスター仲間にしてないもんね」

今でこそ空を飛ぼうと思えば飛べる環境だが、この浮遊城が実装された当時はそうはいかなかったはずだ。レアケースである空からの侵入によって城の中身が全て無為になることを避けるのも当然と言える。

「さ、行くよ。頂上も近いはず」

「うん！　ふー、ドキドキしてきたー」

モンスターを倒しつつぐるぐると城の内部を歩き回って、二人は高い塔の手前で立ち止まる。外壁に螺旋階段がつけられたこの塔は、この浮遊城の終着点のようだった。

「この上かな？」

「おおー、いよいよだねっ」

塔の直径は二十メートルほど。この上のボス部屋にいるであろうモンスターのサイズ感が想像できるというものだ。

「ま、上ってみないと分からないってね」

「ごーごー！」

メイプルとサリーは螺旋階段を駆け上がっていく。塔の最上部には扉があり、内部に入ることができるようになっている。二人は準備よしと互いに頷くとその扉を押し開けて中に入った。

窓のない塔内部は暗く、メイプルの【身捧ぐ慈愛】のエフェクトだけが輝いている。

二人が完全に中へと入り、背後の扉が閉まったところで空気が震えるような咆哮が暗闇から発せられた。

「っ！」

「わわっ、すごい音っ！」

身構える二人をよそに、暗闇から最早白くすら見える炎が噴き上がる。そして、その存在が何なのかは意外な形で明らかになった。

地面を蹴る振動、再度響く咆哮。それと共に風が辺りを薙いで、大きなものが動く気配と共に塔の天井が崩壊する。

「サリー！」

「メイプル！」

二人は吹き飛ばされないように風に耐え、壁も天井もなくなり吹きさらしになったボス部屋で、全てを破壊していった存在を見上げる。

空を飛んでいるのは全身を燃える炎のような赤の鱗で覆われた巨大なドラゴンだった。口から輝く炎が漏れ、翼が起こす風は二人を容易に吹き飛ばせそうで、尻尾（しっぽ）の一薙ぎはこの直径二十メートルの戦闘エリアの多くを危険域に変貌（へんぼう）させるだろう。

伸び伸びと翼を広げ、しかし二人をしっかりと睨（にら）みつけるその目は戦闘をさけることはできないと伝えてくるようである。

「よっぽど窮屈だったんだろうね」

「す、すっごい強そうだよ⁉」

「実際強いんじゃない？　さ、落ちないように気をつけて！」

「うん、倒そう！」

二人は改めて武器を構え、空を舞う赤き竜と相対する。

「【全武装展開】【攻撃開始】！」

まずは先制攻撃だとメイプルが兵器を展開し上空のドラゴンに向けて銃弾を放つ。ドラゴニュートのように躱（かわ）してくるならそれはそれで次の手を考えるだけのことだ。

しかし、ドラゴンは回避などしなかった。銃弾を受けて多少のダメージを受けつつもその大きな口から輝く炎が漏れ始め、次の瞬間塔へと業火が放たれる。それは地面を炎上させつつメイプルへ一直線に向かってくる。

「メイプル！」

「か、【カバームーブ】！」

嫌な気配を感じいち早く飛び退いたサリーの意図を汲み取って、メイプルが高速移動でその隣につく。

先ほどまでメイプルがいた場所は炎上しており、塔の端から端まで縦にフィールドを分割するように炎の壁ができていた。

行動エリアの制限、そしてかなりの高威力であることも間違いない。

「死にはしない……かもしれないけど。嫌な感じがする。気をつけて」

「うん、ありがとう！」

「ダメージは通ってる。大技は私が読み切るから、メイプルは射撃に専念して！」

「分かった！」

「【サイクロンカッター】！」

「【滲み出る混沌】！【攻撃開始】！」

メイプルは射撃で、サリーは魔法でドラゴンにダメージを与えていく。ダメージに反応して、ドラゴンは今度は翼を大きく羽ばたかせると、大量の風の刃を生み出す。

「メイプル！」

「【ピアースガード】！」

メイプルは防御力頼りにせずにきっちり貫通無効スキルを発動させて万が一を防ぎ、盾を後ろに隠して【悪食】も温存する。兵器こそ壊れるものの、メイプルに被害はない。継続ダメージの可能性が低そうな攻撃はこれで無効化できるため、今のところは炎による地形変更が最も警戒しなければならないものだろう。

「サリー！　今の風で炎の壁は消えたみたい！」

「それだけじゃなくて、下りてくるよ！」

ドラゴンは風と炎を纏（まと）った突進で、二人の方へと一直線に向かってくる。

「【超加速】！」

「【カバームーブ】！」

サリーはすれ違うようにしてドラゴンを回避するとメイプルに目配せをし、メイプルはしっかり追いついてくる。

「わわっ、当たったら落とされちゃいそう」

「だね。でも、下りてきた今がダメージを与えるチャンス！　朧（おぼろ）【火童子】【影分身】！」

サリーは分身すると一気に距離を詰める。地上でも炎の威力に変わりはないと、ドラゴンは今度はいくつもの火球を連続して吐き出してくる。

「それなら……ふっ！」

分身は上手く避けられず火に飲み込まれていくが、本人は完璧に軌道を読みきってドラゴンの足元へ飛び込むことに成功する。

「はっ！」

スキル攻撃はリスクが高いと考えたサリーはドラゴンの両足を深く斬り裂く。【剣ノ舞】の攻撃力上昇と【追刃】による追撃がグンとＨＰを減らす。魔法も使えるとはいえ、サリーがダメージを出すにはやはりダガーによる攻撃が必要なのだ。

しかし、巨大なドラゴンの足元となれば、反撃の爪も強大である。分身を倒し切り、サリーにも一撃を加えようとドラゴンは前足を横に振りぬく。サリーならその場から飛び退くことも容易だが、そうはしなかった。それは当然、メイプルのワープ先になるためである。

「【カバームーブ】！【水底への誘い】【滲み出る混沌】【捕食者】！」

ドラゴンの足元でエフェクトが弾け、三体の化物と禍々しい触手を携えたメイプルが現れる。それらはドラゴンの巨大な爪を避けることなく正面から迎え撃つ。

「やああっ！」

メイプルの五本の触手は残っていた悪食全てを使い切る代わりにとてつもないバーストダメージを与えて、ドラゴンの片足を吹き飛ばす。両サイドと正面から噛み付いた化物もさらにダメージを上乗せする。

防御姿勢を捨ててドラゴンの足と殴り合った形になるため、メイプルも吹き飛ばされるものの、ダメージ自体はない。大きくＨＰを削られたドラゴンはバサリと羽ばたき空に舞い上がろうとする。

サリーはそれを無視して瞬時にメイプルの方を向く。

「届い……たっ！」

吹き飛ぶメイプルは素早く反応したサリーが糸をつなげて無理やり引き戻す。ガシャンと音を立てて地面に落ちたメイプルを抱きかかえて背後をちらりと見る。

飛び退くような形で空へ舞ったドラゴンの口からは炎が、翼の周りからは風が巻き起こる予兆があった。サリーはそれを瞬時に把握するとメイプルに告げる。

「しっかり掴まってて。大丈夫、あれくらいなら避けられる！」

そう言うと流石にメイプルも驚いた顔をするが、他でもないサリーの言うことである。それならそうなのだろうと言われた通りにサリーに掴まる。

「【水の道】【氷結領域】！」

サリーは水の道を生み出すと、体に冷気を纏い瞬時にそれを凍らせて、そこを駆けていく。さらに空中に足場を作りさらに上に。ドラゴンと同様に空へと上っていく。

「【氷柱】……【跳躍】！」

サリーはそのままドラゴンよりも高く位置取ることで、吹き荒れる暴風と燃え盛る火炎を回避する。

「すっごーい！　一瞬でこんなとこまで！」

「機動力には自信あるからね！」

サリーは炎の壁を回避して地面に降りると、ドラゴンのＨＰバーを確認する。

「あと半分！」

「よーしっ、負けないよ！」

ＨＰが半分を切ったところで空中に飛び上がったドラゴンは、再度空気が震えるような咆哮を上げる。それに呼び寄せられるようにして、辺りにドラゴニュート達が次々にやってくる。

「すごい数だよ、サリー！」

「これは本格的に【身捧ぐ慈愛】に頼るしかないかな……！」

下手に範囲から出れば、逃げ場のない集中砲火に晒される可能性は極めて高い。ただ、ドラゴニュートの性能はここまでで分かっている。メイプルに対する有効打がないのなら、本来凄まじい脅威となるはずのそれらもいないのと変わらない。

「もう一回地面に降ろすよ」

「うんっ、そこで一気に倒そう！」

撃破までの道筋も見えたことで、メイプルも全力でスキルを使うことができる。兵器は展開してもすぐに破壊されてしまうため【機械神】は機能しないが、メイプルは周りから大量に浴びせられる炎を無視して短刀をドラゴンに向ける。竜を呼び出せるのは何も相手だけではない。

「【毒竜】！」

短刀から放たれた毒の竜はドラゴンのブレスに負けない迫力で赤き竜を飲み込む。しかし、毒自体は効いていないようで、ダメージを受けつつも向こうも炎を吐き返してくる。

「っ！　さっきより範囲が広い！　メイプル！」

「わわっ！」

サリーは武器を仕舞ってメイプルを掴むとそのまま【体術】スキルで放り投げる。急な範囲拡大に逃げ切れなかった場合のことを考慮したサリーは、移動速度の遅いメイプルを【身捧ぐ慈愛】が届きつつもブレスから離れた位置まで移動させたのだ。二人が同時に巻き込まれることは避けたいのである。

「朧【神隠し】！」

それでも、あくまでこの行動はリスクケアだ。サリーは全力で駆け出すと、炎に包まれる瞬間、朧のスキルで消失してダメージから逃れる。円形のフィールドの七割近くを炎上させたブレスの範囲から転がり出たサリーはメイプルの無事を確認する。

「ありがとうサリー、助かったよ」

「私の方が緊急避難できるし、もし地形ダメージだったら範囲から出る前に燃え尽きるかもしれないからね」

本来移動速度が遅いメイプルは、いくつかの手段で機動力を確保している。その中でも瞬時に移動できる【機械神】の自爆飛行は強力である。しかし、周りのドラゴニュートのブレスで兵器が壊されてしまいそれが使えない今、下手な位置でサリーや【捕食者】、朧やシロップの分まで地形ダメージを継続して受けたなら、HPが低いメイプルでは耐えることはできないだろう。

「魔法でジリジリ削っていって、最後は……」

「最後は？」

「一気に距離を詰めて削りきる！」

ゆっくり近づいていては強化された炎の攻撃範囲に焼かれてしまうかもしれない。サリーは接近するための作戦を素早くメイプルに伝える。これだけ二人で戦ってきたのだ、メイプルも作戦の内容をすぐに理解した。

「じゃあまずはちゃんとHP減らすとこから！　シロップ【巨大化】【精霊砲】！」

地面のほとんどが炎上していても、遠距離攻撃手段はいくつかある。そのうちの一つ【精霊砲】が、ドラゴンがカウンターで吐き出した炎とぶつかり合い互いに弾けて対消滅する。

「【滲み出る混沌】！」

メイプルの大技がそうであるように、ドラゴンのブレスも連発することはできない。その一瞬の隙に別の遠距離攻撃スキルを叩き込む。使い切るまで繰り返し、ダメージを稼ぐのである。

「【ウォータースピア】！　【サイクロンカッター】！　くぅ、流石に魔法メインでもないしパワー不足になってきたか！」

サリーの魔法は、誰でも使えるようなものを戦略の幅を広げるために覚えている程度なため、威力はそこまで期待できない。

「任せて！　しっかり当てて作戦通りに減らすよっ！」

「うん、任せられるのは頼もしい！」

周りのドラゴニュートの処理に追われずに済むため、空を飛ぶドラゴンに集中することができる。今回のような立ち止まっての大技の撃ち合いはメイプルの得意とするところである。

そうして、【毒竜(ヒドラ)】【滲み出る混沌】の二つをメインにドラゴンのＨＰを減らした二人は、とどめを刺すために機を窺(うかが)う。

「メイプル、今っ！」

「【クイックチェンジ】【イージス】！」

メイプルはスキルで装備を変更し、増えた分のＨＰをあらかじめ手に持っていたポーションとサリーの【ヒール】で回復すると、【イージス】の効果が切れないうちに兵器を展開する。【イージス】の防御フィールドが存在するうちはドラゴニュートの炎はメイプルの兵器を傷つけられない。

「行くよ、サリー！」

「オーケー！」

兵器の爆発によりドラゴンのブレスにも負けない爆炎が生まれ、メイプルとサリーをドラゴンの方へ一直線に吹き飛ばす。ブレスのモーションよりも先にドラゴンに肉薄した二人は、鋭い眼光を向けるドラゴンに対し、作戦通りと不敵に笑う。

サリーは一足早くメイプルから離れると空中に足場を作ってドラゴンの頭部に着地し、ダガーを振るう。

「【クインタプルスラッシュ】！」

【追刃】の効果も乗り両手で合計二十連撃。【火童子】の効果でさらに炎が貴重な追加ダメージを与えていく。

「本命は……頼んだよ！」

「【クイックチェンジ】！」

メイプルは再度装備を変更し黒装備に戻すと、ドラゴンの体をしっかりと捉えてスキル名を叫んだ。

「【暴虐】！」

メイプルは突如化物の姿へと変貌すると、そのまま六本の手足でドラゴンにしがみつき、喉元に噛みつき炎を吐き、鋭い爪で翼を切り裂いていく。

引き剥がそうとドラゴンが吐くブレスは予想通り継続ダメージによってメイプルの外皮を焼いていくが、最早そんなことは関係ない。

メイプルも負けじと炎を吐き出し、攻撃の手を緩めない。

巨体と巨体の間に炎が爆ぜ、互いが互いの体を喰らい合う。それは知らない者が見たのなら、片方がプレイヤーだとは到底思えないような光景だった。

そうして、いくつもの炎と派手なダメージエフェクトが弾ける中、ドラゴンは最後に一つ大きな咆哮を上げて、ついに光となって消えていく。

「か、解除っ！」

ドラゴンが倒されれば、それにしがみついていたメイプルは空に放り出されることになる。このままでは遥か真下に落ちていってしまう。そんなメイプルに上空から伸びてきた糸が巻きついて、落下することは避けられた。

「ふー、ありがとうサリー！」

「メイプルも作戦遂行お疲れ様」

「えへへー、上手くいったね！」

サリーはそのまま空中に足場を作るとメイプルを連れて塔の上へと戻っていく。戦闘が終わったためドラゴニュートも消えており、焦げた跡とドラゴンの素材がいくつか、そして中央に宝箱が一つ残っているだけだった。二人は素材を拾い集めると早速宝箱に手をかける。

「じゃあ、せーので！」

「はいはい」

「「せーの……オープン！」」

二人は宝箱を開け中にあったアイテムを確認する。

そこに入っていたのは【竜の財宝】が四つ。

輝きを放つそれは、いくつもの宝石や金貨の集まりである。いわゆる換金用アイテムという訳だ。

「んー、残念。装備品も出るらしいんだけどね。でもこれはこれですごい値段が付くけど」

「そうなんだ。どれくらい？」

「四つあれば私達のギルドホームが二つは建つかなー」

「えっ⁉　そんなに⁉　それでも外れなんだ……じゃあほんとに財宝ばっかりなんだね……」

「私達には装備より役立つかも。ほら、メイプルもずっとその装備メインだし」

ボス戦での報酬の中では外れということになる。報酬が複数種類あるのなら、最も良いものを手に入れられるとは限らない訳だ。しかし、何が役に立つか、何がいいものなのかは人それぞれである。

「確かに……それに綺麗だし、これもいい記念になるね！」

「……まっ、そうか！　別に装備のために頑張った訳じゃないもんね。それにこっちは今後の観光資金にもなるかも」

「うんうん！」

サリーとメイプルは塔の端に座ると二人で遠くを眺める。ここはこの浮遊城で最も高い場所、今ならどこまでも続く雲海も、心地よい風も楽しみ放題という訳だ。

「どうだった？」

「楽しかったよ！　ドラゴンはやっぱりドラゴンって感じで強かったー！」

「だねー、五層でこれはかなりじゃない？」

「お宝も貰ったし、無事クリアって気分！」

「うん、浮遊城攻略。ドラゴン討伐、お疲れ様！」

「サリーもお疲れ様！　ね、もうちょっと見ていこうよ」

「いいよ、写真も撮っておく？」

「うん！　最初から使いこなせてたらもっと色んなところ撮ってたのにー！　あ、あとでサリーにも送るね」

「うん、そうして」

こうして塔の頂上からの景色を撮って、二人は浮遊城を後にするのだった。

三章　防御特化と雷嵐。

浮遊城の攻略を終えてから数日。メイプルは次にまとまって時間が取れる日までにいくつか観光場所の情報を得ておくことにした。というのも、目的なく偶然面白い場所に行き着くまで探索するのも、目的地を目指して探索するのも、当日どちらも楽しめるようにしたかったのである。

そんなメイプルは、今日は十分情報も探したため、五層の中でも高い場所に位置する雲の上で白いワンピースを着て日光浴とばかりに寝転がっていた。

わざわざここまで高い場所に来なくともレベル上げや素材集めはできるため、人はおらず穴場と言える場所となっている。

「浮遊城楽しかったなー」

次のことを考えつつもあの雲の上の景色を思い出して余韻に浸る。浮遊城の塔の上には及ばずとも十分高い位置にいるため、フィールドの様子が遠くまで見通せる。

「あれ？　あんなとこに雷エリアってあったっけ？」

普段からのんびり景色を見ていることが多いのもあって、ちょっとした違和感に気づくこともある訳だ。メイプルは額に手を当てて目を細め、遠くに一瞬見えた雷が見間違いだったのか確かめようとする。

「気のせいじゃないと思うんだけど……よし！　行ってみよう！」

今も特にこれといって何かをしていたわけでもなし、メイプルは雷光の見えた辺りまで行ってみることにしたのだった。


「この辺だったと思うんだけど……」

メイプルはキョロキョロと辺りを見渡す。周りは高い雲の壁ばかりで、降りてきて同じ高さから見ると雷がどこで起こっているか目視することは難しい。

シロップで飛んで探そうかと考えていると、空気を震わせる轟音（ごうおん）が鳴り響く。それは間違いなく落雷の音だった。

「あっちだ！」

メイプルは時々鳴る音を頼りにどこからの雷鳴かを探して歩き回る。メイプルの飛行能力は一般的なものではないため、空から探していては逆にイベントやダンジョンへの侵入ルートを見逃す可能性があるのだ。

「うん、やっぱりこの辺りで雷は見たことないし何かあるはず！」

メイプルはそうやって歩いてある程度近くまでやってきて、次の音を待つ。

「んんー、音が聞こえないと分かんないや……わっ⁉」

メイプルが少し休憩しようともたれた雲の壁。それはメイプルを支えずにそのまま するっと壁の向こうに飲み込んでしまう。浮遊城への入り口がそうだったようにここも見えない入り口となっていたのである。

メイプルはゴロゴロと雲の坂道を転がり落ちていき、出口側の雲の壁を突き破って頭から転がり出る。顔から地面に着地して、どうなったのかと顔を上げると、驚いた様子で目を丸くしている女性プレイヤーと目が合った。

「だ、大丈夫っす……ですか？」

「……？　あはは、ごめんなさい。大丈夫です！」

メイプルはワンピースを整えると、目が回っているのを治すべく、少し目を閉じて落ち着こうとする。女性が一瞬言いよどんだ際に覚えた違和感は、落ち着こうとしているうちに頭の隅に追いやられてしまった。メイプルが改めて目を開けて見ると、女性はうしろでお団子にまとめた金のロングへアと赤い目、メイプルと同じように観光目的なのか白のブラウスにロングスカートで日傘を持っており、武器らしきものは装備していないようだった。いかにもお嬢様っぽいその見た目にメイプルは反射的にピンと背筋を伸ばして質問する。

「こっちの方で雷の音が聞こえて、いつもこの辺りは静かだったのでレアイベントかと思ったんですけど……」

メイプルがそう言うと、女性プレイヤーはメイプルの様子を見て、一つ息を吐いて笑顔で返答する。

「んんっ……なるほど。そうだったんですね。ここには特にそういったものはないっ……ですね。ところで私が言うのもおかしいかもしれませんが、何も装備していないようですが大丈夫なのでしょうか？」

もしも目的としていたようなイベントがあって、そこにモンスターがいたとしたら危険なのではないかという意味である。

「大丈夫です！　これでも防御極振りで防御には自信ありますから！」

「……それって」

何か思うところがある様子の女性をよそにメイプルは改めて辺りを見渡すものの、言われた通りここには特に何もないようだった。

「むぅ、ここじゃなかったのかなあ」

「えっと、私はここによく来ますから断言できます。その雷はレアイベント等ではないですよ」

「えっ⁉　そうなんですか！」

「ええ、まあ。信じるか信じないかはお任せするっ……しますけど」

「分かりました。信じます！」

「ほ、本当ですか？」

「はい！」

メイプルの言葉には嘘はなく、女性は少し驚いたようにメイプルの方を見る。

「……そうだ。ここで会ったのも何かの縁、少しお話ししませんか？」

「……？　はい！　もちろんです！」

「ならこんな所にいても仕方ないので、行きましょうメイプルさん？」

「はい！　ってええ⁉」

どうして名乗ってもないのに分かったのかと、驚くメイプルに対し、女性は面白そうに微笑むのだった。

「その反応を見ると当たりみたいですね」

「えっ？　あ、ああ⁉　そっかあ……びっくりしたあ」

心を読まれただとか、変なスキルだとかそういったものでなく、単純に予想されただけだと分かってメイプルはそうだと肯定する。

「普段と見た目が違いますけど、ちゃんと見れば面影はありますから」

髪型や服装、目の色などを変えても身長やその人の雰囲気までは変わらない。そこに防御極振りという情報が入れば、多くのＮＷＯのプレイヤーなら正体も予想できようというものだ。

「観光スポット巡りをしていたので、えっと……」

「ん？　あ、私はベルベット」

「ベルベットさんですね！　ベルベットさんも観光ですか？」

同じように武器を持たず、鎧や盾など防具らしきものも身につけていない。同じような目的でフィールドにいるのかもしれない。

「まあ、そんなところです。この後は友人と合流してレベル上げの予定だったのですが、そのうち大盾の人が予定が入ってしまって」

「なるほど」

「会ったばかりでこんなことをお願いするのも恐縮ですが……もしよければ、ご一緒していただけませんか？」

話したいことの一つはこれだったようで、ベルベットはメイプルの返事を待っている。

「はい！　大丈夫です！」

この後優先したい予定があるわけでもなし、新しい交友関係の期待に胸を膨らませつつ、メイプルは大きく頷く。

「決まりっ……ですね。では、七層で待ち合わせなので」

「分かりました！」

メイプルとベルベットは七層へと移動すると、町の出口で友人を待つ。七層の町を歩いている間、ベルベットはメイプルの移動速度を見て、本当に遅いのだと改めて認識したようだった。

「実際見ると結構速度に差がありますね」

「うぅ、でもいくつかカバーする方法はありますよ！」

「ふふっ、そうらしいですね。あっ、ヒナタ！　こっちこっち！」

どうやら友人とやらが来たらしく、ベルベットが手を振ってアピールする。メイプルがどの人だろうと呼びかけた先をキョロキョロ見ていると、とてとてと一人の少女が駆け寄ってきた。黒に近い濃い紫の長い髪を後ろで三つ編みにしてまとめており、両手で少し不気味な人形を抱えている。服装の雰囲気はマイやユイに近いものがあるが、装飾などは少なく控え目に抑えられていた。

「お、遅れました……すみません」

「んー、全然！　時間通り時間通り！　っと、んんっ……連絡しておきましたけど、今日一緒にレベル上げに行くメイプルさん」

「よろしく！」

「よろしくお願いします……私も、が、頑張ります」

両目が長い前髪で隠れているため感情が読み取りにくいものの、ヒナタは少し強く人形を抱きしめてやる気を示しているようだった。メイプルはヒナタの人形を見て気になったことを質問する。

「それが武器なんですか？」

「あ、えっ……は、はいっ。そうなります」

「なるほど……やっぱりいろんな武器があるんだなあ。あ、じゃあベルベットさんの武器って」

「さあ、どうでしょうか」

メイプルが答えを得られず少し残念そうにしたところで、いよいよ出発することになった。メイプルは七層なら普段はサリーの馬に乗せてもらうか、シロップで飛んでいくかが多い。戦闘だと割り切れば高速移動法に自爆飛行と【暴虐】があるものの、回数制限があるため平常時の移動には向かない。どうしたものかと考えているとヒナタが腕をつんつんとつついてくる。

「あの、メイプルさんは馬は……ない、ですよね」

「うぅ、乗るための【DEX】がないです」

「で、でしたら……私の後ろに。どうぞ」

「わー！　ありがとうございます！」

このままでは【暴虐】を使ってついていくことになっていたところである。

「ベルベットさんは乗馬……？　それがちょっと、少し、けっこう荒いので……」

「ヒナター、聞こえてますよ」

「あわわ……ごめんなさい」

メイプルは落馬しようがぶつけられようがHP的な問題はないため、むしろ見るからにお嬢様という風なベルベットなら上手(うま)く乗りこなしそうなイメージだったので少し驚く。

「へぇー、ちょっと意外です」

「そう……そう、ですね。意外かもしれません」

何はともあれ、メイプルはヒナタの後ろに乗せてもらって先導するベルベットの後をついて目的のレベル上げエリアへと向かうのだった。

現在の最前線である七層にはいくつも特徴的なエリアがある。モンスターを仲間にすることがメインイベントになっている都合上、五層や六層とは違い、層としてのテーマは薄く、様々な地形があるわけだ。今メイプル達の前には枯れ木と岩場が続く荒地が広がっている。

「こっちの方はあんまり来てなかったなあ」

「着きました。ここでレベル上げです」

「防御は任せてください！」

メイプルは馬から下りると早速【身捧ぐ慈愛】を発動する。メイプルからダメージエフェクトが発生し、同時に範囲内の地面が光り輝く。

「この光っている範囲から出なければ、攻撃されても大丈夫です！」

「なるほど。分かりました」

「じゃあ【挑発】！」

メイプルがスキルを発動すると、空からは鷹が、岩場からは砂と岩でできたゴーレムが現れ近寄ってくる。

「「【ウォーターランス】！」」

メイプルに近づいてくるゴーレムに対して、背後から二人の声が聞こえ、二本の水の槍が飛んでくる。それはゴーレムをしっかりと捉え、確かなダメージを与える。

「私も【捕食者】！」

メイプルもダメージを出そうと両脇から化物を呼び出す。それらは大きな口でゴーレムの胴と肩に噛み付いてダメージを与える。しかし、ゴーレムも負けじと両腕を勢いよく振り下ろし、メイプルに叩きつける。【悪食】が発動しゴーレムは飲み込まれるが、振り下ろしと同時に発生した地震が三人に襲いかかる。

「うぅ……うぅ？」

「映像で見た通りですけれど、目を疑いますね」

三人に直撃したはずの地震は【身捧ぐ慈愛】によってメイプルに集中し、その防御力によって無効化された。

「防御は任せてください！　貫通攻撃じゃなければ大丈夫です！　【毒竜】！」

空から襲ってくる鷹はギリギリまで引きつけてから【毒竜】で対応する。鷹は毒に耐性を持ってはいたものの、大きなダメージを受けてフラフラと飛び上がろうとする。

「と、【トルネード】」

しかし、弱ったところを畳み掛けるようにヒナタの魔法が竜巻を起こし、逃げようとする鷹を逃さず撃破した。【挑発】で引きつけたためまだまだモンスターは近づいてくる。本来ならきっちり対応しなければ逆に数に押されて倒されてしまう可能性も出てくるが、メイプルが使う場合はそうはならない。

「ふぃー、よしっ！　大丈夫そう」

真正面からパワーで押し切ろうとしてくるモンスターは、メイプルの得意な相手である。

メイプルの想定通り、ここにいるモンスターにはメイプルへの有効打がなく、レベル上げは順調に進み一旦休息となった。

「【機械神】【捕食者】【滲み出る混沌】【毒竜】【身捧ぐ慈愛】【百鬼夜行】……んー、壮観ですね」

「えっと、助かりました。実際に目にすると、迫力が……」

今も召喚されている【捕食者】を見てヒナタは恐る恐るといった様子で口にする。【身捧ぐ慈愛】も発動し続けているため、どこでも休むことができるので、三人は岩に腰掛けて話を続ける。

「噂には聞いていましたが、すごいっ……ですね」

「えへへ、ありがとうございます」

移動速度さえ克服できれば、メイプルを連れてのレベル上げはとても効率がいい。攻撃だけを考えていればいいのだから当然である。

メイプルの防御能力を身をもって体感した二人は、もう少し強く、もらえる経験値も多いモンスターが出るエリアへと移動していく。

地面が砂地になっていき、先程の荒地にいたモンスターを強化した、似た見た目の鷹やゴーレムが現れる。

「攻撃力は上がっていますが、メイプルさんなら問題ないでしょう」

「はい！」

メイプルなら守り切れずなどということは起こらない。多少攻撃力や攻撃範囲が強化されたところで、メイプルの防御力を上回れるようなことはまずないのだ。

「よーし、頑張るぞー！」

メイプルは先程と同じように先頭を歩いて【挑発】でモンスターを引き寄せようとする。

「あっ……め、メイプルさん、そっちへ行くと……」

「えっ？　あっ⁉」

「遅かったっ……ですね」

身に覚えのある感覚と共にメイプルの体が地面に沈んでいき、それに巻き込まれる形となったベルベットとヒナタの体もまた、砂の中に見えなくなっていった。

◆□◆□◆□◆□◆

場所は変わって砂の下、砂岩でできた整えられた壁や床、等間隔に設置された明かりは、三人が何かの建造物の中にいることを示している。

「言っておけば良かったですね」

「うぅ、ごめんなさい。巻き込んじゃって。昔こんな感じでダンジョンに落ちたことあったから知ってたのになあ」

メイプルは第二回イベントの時も、流砂に飲まれてカタツムリが徘徊（はいかい）するダンジョンに落とされたことがある。過去に使用された一部のギミックやボスモンスターは、場合によっては別エリアに再設置されていることもあるようだった。第二回イベントのフィールドには今は行けないのもあって、ギミックを再利用するのにはちょうど良い訳だ。

「あるということは知っていたんですけど。私達も入ったことはなくて……」

「ボスを倒せば経験値もその分多く入るっ……はずなので。気にせずいきましょう」

「はい！」

ダンジョン内に出るモンスターの情報はベルベットとヒナタがある程度持っていたため、かつてのように緊張する必要もなく攻略を開始した。

「道中は上で見たようなゴーレムばかりですから、サクサクいきましょう」

事前情報によるとゴールは下の方にあるため、一直線に最下層に向かって歩いていく。全体的に見るとダンジョンは蟻（あり）の巣状になっており、いくつもの通路と広間によって構成されている。

メイプルは常に【身捧ぐ慈愛】を展開し、モンスターが見えると前方に兵器による一斉射撃を行い二人の魔法攻撃と合わせて、次々にモンスターを撃破していく。

そうして初めの広間に到着すると、地上にいたゴーレムとは違い、体が全て砂でできたゴーレムが三体起き上がる。

「【攻撃開始】！」

メイプルは近づいてくる砂の巨体に銃弾とビームを放つが、それらは全てダメージを与えることなく砂の体を貫通して抜けていく。

「むぅ、駄目かあ」

「属性つきの攻撃でなければ駄目みたいですね」

それなら私達の出番だとベルベットとヒナタが魔法を準備するが、それより先に巨体は砂らしくさらっと崩れて地面に溶け込み、次の瞬間三人の目の前でまた一瞬で形を成した。

三体はそれぞれ攻撃を仕掛けてくるが、メイプルの【身捧ぐ慈愛】の範囲内では奇襲に意味はない。メイプルの脳天に砂の拳がクリーンヒットするものの鈍い音がするばかりである。

ヒナタもメイプルの防御範囲内にいることを分かっていて回避を放棄し水と風の魔法でダメージを与える。

「っ……【ウォータースピア】！」

ベルベットは反射的にすれ違うように回避しようとした後で、今はその必要がないことに気づいたのか、踏み込んだ姿勢でピタッと止まってから魔法を撃つことになり、むしろ無駄な動作が増えて魔法がクリーンヒットしなかった。

「大丈夫みたいです！　二人は攻撃に専念してください！」

改めて回避の必要がないことを伝えると、【悪食】を無駄遣いしてしまわないように、メイプルは盾を構えずに【挑発】だけ使って棒立ちになる。

そのメイプルに、彼女の身の丈程もある拳が集中攻撃とばかりに叩きつけられ続ける。

「ふぅ、地面が硬くなかったら埋まっちゃうところだったよ」

もちろんノーダメージなメイプルは、その場に座ると二人がゴーレムを倒してくれるのを待つことにしたのだった。


結局、ゴーレムは地面から砂を噴出させたり、砂でできた配下を生み出したり砂で動きを止めたりと、器用に手を替え品を替えメイプルを攻撃したものの、メイプルが砂に埋もれた程度で特に何の成果も得られないまま、魔法によって倒されていった。

「だ、大丈夫ですか……埋まっちゃってますよ」

「まあ、ＨＰは減ってないみたいですね」

二人の目の前には山のように積もった砂と、ぴょこんと髪の毛だけが飛び出したメイプルが残された。周りの危険もなくなったため、二人はメイプルを掘り起こして砂を払う。

「ありがとうございます！　モンスターは……」

「私とヒナタで無事撃破しましたよ」

「引きつけてくれて……えと、助かりました」

地上と比べてモンスターの出現頻度は下がったものの、一体のモンスターあたりの経験値は上昇したためレベル上げも順調に進む。

「もう少し下層まで行けばモンスターが変わるはずです」

「どんな感じなんですか？」

「ミイラ？　……えっと、包帯でぐるぐる巻きの見た目です」

「攻撃パターンなど全て把握しているわけではないですから、気をつけてください」

「分かりました！」

三人はいくつもの砂ゴーレムを撃破してさらに地下へと進む。するとベルベットの言ったように出てくるモンスターが変わり、砂ゴーレムの代わりに肌が古びた包帯で完全に覆い隠された人形モンスターが砂から現れた。包帯の隙間（すきま）から覗（のぞ）く目が赤く不気味に輝いており、ゴーレムのようなパワーファイターとはまた違う印象を受ける。

「こういう相手は……【天王の玉座】！」

六層で学んだとばかりにメイプルは純白の玉座を呼び出してそこに座り、さらに地面に光るフィールドを展開した。ベルベットはメイプルがまだそんな一般的と言えないようなスキルを持っていたことに目を丸くする。

「これでゾンビとか幽霊とか、そういう感じのモンスターのスキルは結構封じられるんです！」

「なるほど。それは助かります」

事実、何かしら厄介な攻撃をしてくるだろうと予想されていたモンスターが今やメイプルの体を引っ掻くばかりである。

「普段だと玉座も移動できるんですけど、ここだと狭いので……」

一度消してしまうと、しばらくの間は使うことができないため、シロップの背中にセットできない環境では常に使うことは難しい。

「えっと、有効なのは分かりましたし……その、ボス戦で使えると嬉しいです」

ここのボスは道中のモンスターを召喚しつつ戦う巨大なミイラで、メイプルがゴーレムだけでなくミイラも無力化できるとなればサクッと撃破して外に戻れるというものである。メイプルは群がるミイラは倒してしまおうとスキルを発動しようとする。

「よーし、【捕食者】……は駄目だから【全武装展開】！」

メイプルが兵器を展開すると、ミイラ達は伸びてきた砲身に突き飛ばされて地面に倒れる。動きが鈍いため、メイプルでもばら撒き以外で銃弾を命中させることができた。

「むぅ、結構HP多いかも」

砲身を直接突きつけてゼロ距離射撃を続けていると、タフなミイラ達も流石に耐えきれずにばたばたと倒れ光になって消えていった。

「動きも遅いですから、引き撃ちっ……で大丈夫そうですね」

道中はメイプルの銃撃を含む三人がかりの遠距離攻撃で仕留めることにして、三人はボス部屋を目指す。【天王の玉座】はポンポン出し入れができないものの、【身捧ぐ慈愛】があればそれだけで楽に攻略ができる。

結果、三人は一度もダメージを受けることなくボス部屋前まで辿りつくと、メイプルの【天王の玉座】が再使用可能になるまで待ってからボス部屋へと突入した。

ボス部屋へ入った三人を迎えたのは薄い紫の包帯に全身を覆われた、メイプル達の三倍近い背丈があるミイラだった。

道中のものと同じように包帯の隙間から覗く赤い目は巨体に合わせた大きさで、遠くから見ても分かる不気味な光を放っている。

「よーし、勝負っ！」

メイプルは真っ先にパタパタと走っていくと、ミイラがベルベット達の魔法の射程に入るよう部屋の中央で【天王の玉座】を発動し、玉座に座ってボスの方を見る。

ボスが不気味な呻き声を上げると、それに応じて地面からは道中で出現したミイラと、ゴーレムが現れる。ただ、ミイラは新たに黒いオーラを、ゴーレムは何体かが砂岩でできた槍を持っていた。

「うっ、や、槍かあ……ベルベットさん！　槍を持っているゴーレムを先に倒して欲しいです」

ベルベットもメイプルが槍を見て貫通攻撃を嫌ったのだろうということはすぐに理解し、そうすることを約束する。

メイプルは玉座に座っている間は主力スキルがいくつか封じられてしまうため、攻撃方法も変わってくる。

「【挑発】！　シロップ【赤の花園】【白の花園】【沈む大地】！」

玉座を中心として広がっていた光るフィールドに白と赤の花畑が広がっていく。メイプルに寄せられたモンスター達は見た目は綺麗な花畑に踏み入ると同時に地面に沈みながらデバフを受ける。

「【毒竜】！」

スキルで生み出された花々は毒で萎れることもなく依然として咲き誇り、それを彩る紫は確かにモンスターのＨＰを削り取る。近づいてはいけない場所、踏み入ってはいけない場所。モンスターはそれが分からないことが最大の弱点なのだ。

メイプルが群がってくるモンスターを搦め捕っているうちに、ベルベットとヒナタがボスとゴーレムに魔法を撃ち込んでいく。

「よしっ！　いい感じ！」

モンスターには行動パターンがある。それら全てがメイプルを倒すのに不適だった場合、行動パターンが増えるまでは一方的な勝負になる。ボスのミイラは攻撃力上昇のバフを撒いているようだが、それは有効打にならず、デバフ系のスキルは玉座によって発動を止められているようだった。

「と、【トルネード】！」

「よーしこっちも！」

ヒナタが放った竜巻が雑魚モンスターを巻き込みつつボスのミイラにダメージを与える。メイプルの兵器による射撃も加わって、ボスのＨＰが半分を切る。

三人がさあ何が起こるかと構えていると、ボスが大きく呻いてボス部屋がグラグラと揺れる。それと同時に冷気のような白い風がボスから発せられ、部屋を吹き抜ける。それは先頭にいたメイプルから順に三人を包みこみ、発動していたスキルやかかっていたバフを全て解除していく。

「わっ⁉　嘘っ⁉」

メイプルのスキルはどれも強力なスキルであるものの、その分再使用までに時間がかかる。強力なフィールドを即再展開するのは不可能だ。

ボスによるバフ解除と同時に、先程まで玉座によって抑えられていたボスを含むミイラのデバフが一斉に襲いかかり、【身捧ぐ慈愛】によって守りきれなくなったため、三人全員のステータスをガクッと低下させる。

それでもメイプルには大した影響はないのだが、後ろの二人はそうはいかない。

「【挑発】！　【暴虐】！」

メイプルはデバフが切れるまでの間、何とかするために再度【挑発】を使い、さらに【暴虐】により外皮を纏ってモンスターの群れの中で暴れ回る。デバフによってメイプルの【暴虐】状態の攻撃力は皆無になっていると言っていいが、即死することがないというメリットがあるため無理をするにはちょうどいい。

予想通り貫通攻撃だったゴーレムの槍をできるだけ躱しつつ、ボスが二人に攻撃を仕掛けないよう体でルートをカットする。玉座によるスキル封印がなくなったボスはメイプルが接近すると両手を地面について、黒い靄のような、沼のような、不気味な何かを広げてくるがメイプルにできることはない。二人も同様で、モンスターをいなしつつ、反撃の機会を窺う。

「うぅ、どうしよう……へっ？」

靄が急速に部屋全体に広がった直後、メイプルは足元の床が抜けたような感覚と共に黒い靄に飲み込まれる。そして、一瞬の後に視界が元に戻ると、先程まで目の前にいたボスは遥か遠く、さらに前方には二人の背中が見えた。

「わっ！　い、入れ替わっちゃった⁉」

モンスターの群れの中にはベルベットとヒナタ、後衛の位置にはメイプル。モンスターを用意し、スキルを解除しデバフをかけて陣形を滅茶苦茶にする。これがこのボスの強力な攻撃法だったわけである。

「カバームーブ……は届かないっ……！」

デバフによる移動速度低下が効いて、【暴虐】で走って行くのも、解除して自爆飛行で飛んでいくのも間に合わない。

それでも走ってメイプルが向かうものの、モンスター達に囲まれた二人に駄目押しとばかりにドス黒いオーラを纏ったボスの拳が振り下ろされる。二人にとっては急に周囲の状況が一変し、突然の総攻撃を受ける形である。

そんな中、ベルベットはヒナタを庇うよう反射的に一歩前に出ると日傘を投げ捨てて拳を構えた。

「ハッ、甘いっすよ！　【雷神再臨】！」

ベルベットが高らかにそう叫ぶと、轟音とともにベルベットから青白い極太の稲妻が発生し、地面を走りモンスターとボスを次々に焼き払っては続く動きを封じる。

バリバリと音を立てて放電しながら、ベルベットは、やってしまったというような表情をしてヒナタの方を見る。

「とりあえず脱出するっすよ」

「……はい」

ベルベットはヒナタを抱え雷と共に跳躍すると、容易くモンスターの包囲網を飛び越えて、驚いて足を止めたメイプルの元に着地する。

「えっ？　えっ⁉」

「んー、詳しいことは後で話すっす」

「きっとまた……ギルドの人に馬鹿正直過ぎるって言われると思います……」

「メイプルさんにはいろいろ見せてもらったし、守ってもらったっすからね。今度は私達の番っすよ！」

「えっと、が、頑張ってください？」

事態をいまいち飲み込めていないメイプルの前でベルベットは装備を一部変更する。服装などは何も変わっていないものの、唯一、彼女の武器が何かを明確に示すものがそこにあった。それは両手を覆う巨大なガントレットである。素手の数倍のサイズの鋼鉄の拳を握りしめて、変わらず青白い稲妻を発生させながら不敵に笑う。

「ヒナタも全力でサポートお願いするっす！」

「は、はいっ！　すー……いきます」

ヒナタは勇気を出すように人形をぎゅっと抱きしめると駆け寄ってくるモンスター達に向けてスキルを発動する。

「【星の鎖】【コキュートス】」

ヒナタがスキルを発動すると同時に、歩み寄って来ようとしていたモンスターが地面に縫いとめられたように動かなくなり、それに続いてヒナタから発生した白い靄がパキパキと音を立ててモンスターを氷漬けにしていく。

モンスターは強力な移動阻害効果によって二人に触れることも許されない。

「【災厄伝播(でんぱ)】【重力の軛(きし)み】【脆(もろ)き氷像】」

ヒナタが言葉を発するたび、全く動けなくなった全(すべ)てのモンスターに主に被ダメージ増加のデバフが重なっていく。それ自体はモンスターに一切ダメージを与えることはない。しかし、効果が切れて動き出そうとしたところでまた別の移動阻害、攻撃阻害とヒナタは全てのモンスターを拘束し

続ける。

であれば、ダメージを出すのは誰か。それは自明である。

「【嵐の中心】【稲妻の雨】！」

ベルベットから再度稲妻が走り、地面を滅茶苦茶に焼き焦がし、それと同時に上空からの大量の落雷により無差別に範囲内のモンスター全てが撃破されていく。

ヒナタによって拘束され続けている限り、分かっていても範囲から逃れることはできない。たとえそれがモンスターだろうとそうでなかろうと。

唯一生き残ったボスの前まで行くとベルベットはその拳を大きく振りかぶる。

「【連鎖雷撃】！」

完全に動きが停止したボスに対して突き刺さった拳から空気を割く音と共に電撃が弾ける。電撃を放った回数に応じて増加し強まる雷撃が、ボスの体を焼き焦がし、そのままＨＰゲージを吹き飛ばした。

「お、おおー‼　すごーい‼」

鮮やかにモンスターを倒す二人を見て、メイプルは化物のまま無い目を輝かせてぶんぶんと四本の腕を振るのだった。

無事ボスを攻略し、ダンジョンから出た三人はモンスターが発生しないセーフゾーンに腰を下ろす。そうしてメイプルは、先程のことが気になっていたとばかりに早速話し始める。

「ベルベットさん、魔法使いじゃなかったんですね！」

「ベルベットでいいっすよ。というか私もその方が楽っす」

最初の印象と異なり、活発そうに笑顔を見せるベルベットはどうやらこちらが素のようだった。

メイプルもそれならと普段通りに接することにして、ベルベットの話を聞く。

「色々と隠していて悪かったっす。ギルドの皆に強いプレイヤーの情報を集めた方がいいって言われてるんす」

「やっぱりプレイヤー同士で戦う時のため？」

「そうっす！　そこで有利にするため……今日は色々見せて貰ったっすね」

「うっ、確かに……」

メイプルは自分のスキルの多くを見せてしまったうえ、ボス戦では弱点も明確に現れていたと言える。

「もちろんそういう準備も大事っすけど、私は正々堂々正面からぶつかり合って勝負したい！　って言うか……」

ボス戦では故意に見せようとしたという風ではなかったが、ベルベットとしてはあそこで全力を出さず負けたとしても問題はなかったのだから、言っていることが本心なのだろうとメイプルにも察せられる。急にピンチになったのはきっかけでしかなく、いつ全力を出そうかずっと考えていたのである。

「ギルドの人からはもう少し隠すようにと……言われているんですけど……」

「すごかったもんね！」

一切対策無しに戦闘を開始すれば、何か行動する前にヒナタによって動きを封じられ、ベルベットの広範囲雷撃と超至近距離の肉弾戦で好きなようにやられてしまうだろう。

スキルを隠しておくことが戦闘を有利にすることは間違いない。

「やるならフェアな状態で戦いたいっす！　もちろんメイプルもライバルっす」

ベルベットはそう言って自信ありげに、そして挑戦的に笑ってみせる。

「でも、本当に大丈夫？　ギルドの皆はダメって言ってたって……」

「一方的にバレたんじゃなくて、相手のスキルも見てるなら大丈夫っす！」

物は言いようという気持ちを表しているように、目が隠れていても分かる程複雑そうな表情をして少しうつむくヒナタを見て、メイプルはベルベットはいつもこうなのだろうと理解した。

「でも、私達にはまだまだ見せてない切り札もあるっすから」

「うん、私だってあるよ！」

「ええっ⁉　まだあるっすか⁉」

どれも切り札級のスキルだったとベルベットは驚くが、なおのこといつか戦える時が楽しみになったと笑う。

「どこかで会いたいと思ってたから、よかったっす」

「会ったのは偶然だったもんね」

今思えばメイプルが見た雷はベルベットが発生させたものだったのだろう。あの雷はダンジョンで見たものより規模が大きかったため、切り札がまだあると言っていたのはその通りなのかもしれない。

「あ、じゃあ口調とかが違ってたのもベルベットだってことが分からないようにってこと？」

武器はガントレットを装備した拳だと分かったが、服装は戦闘中も変わらなかった。メイプルがそうだったようにメインの装備は別にあるのかもしれない。

「これが私の一番の装備っす！」

「ボスから手に入れたもので……ベルベットはそれに合わせておしとやかになろうと練習中なんです」

「な、なるほど……」

特にギルドの戦略としての深い理由があるわけではなく、ベルベット個人の話だったようだ。

「んー、難しいっすね。普段も元気すぎるって言われるっす」

服装に合わせて髪型などは変更してみたものの、そもそもの戦闘スタイルがそれと真逆の肉弾戦と無差別殲滅のエキスパートなのだから、本来の性格も相まってすぐにボロが出る。ただ、本人としては別にそれを気にしている感じはなく、今も胡座をかいて面白そうに笑っている。

「まあ、そういうわけっす。次の対人戦がいつかは分からないっすけど、その時は全力で戦うっすよ」

「うん！　お、お手柔らかに……」

「あはは、それはできない相談っすね」

「むぅ、じゃあ私も【楓の木】の皆と頑張るね！」

「ならこっちもギルドの皆と頑張るっす！」

「その前に……あの、スキル色々見せたことを言わないと……」

「ん、それはそうっす」

「ほ、本当に大丈夫だったの？」

「大丈夫っす。それに私がギルドマスターっすから、皆もなんだかんだ分かってくれてるっす！」

ベルベットがギルドマスターだったことに驚いて、目を丸くするメイプルにベルベットは自分のギルド名を告げる。大規模ギルド【thunder storm】……第四回イベント前に急成長し十位以内に入ったギルド、二人はそのツートップとのことだった。

「また、一緒に遊ぶっす！　その時はまだまだ見せたいスキルがあるんすよ！」

そう言って目を輝かせるベルベットを見て、ヒナタがこっそりメイプルに耳打ちする。

「本当のところ……せ、正々堂々というだけではなくて、かっこいいスキルを見てもらいたいんだと思います」

「ちょっと分かるかも」

ベルベットには自分が楽しい、いいと思ったものを共有したいという単純で純粋な考えが根本にあるわけだ。メイプルにも近しいものがあるためか、ヒナタの言葉にうんうんと頷いてみせる。

メイプルはベルベットから提案されて、二人とフレンド登録をすると行きと同じように馬の背に乗って町へと戻っていく。

「ライバルかあ……」

メイプルはこのゲームを始めるまではそんな人が現れたことはなかったと思いつつ、サリーは昔からこんな風だったのだろうかと想像するのだった。

四章　防御特化と星空。

予定を合わせて、また二人で観光することに決めたメイプルとサリーは、まずは作戦会議とばかりに二層の石造りの町の喫茶店で話をしていた。

「へぇ、新しいフレンド」

「うん！　ちょうど次はどこへ行こうかなって色々探してて、休憩中に偶然！」

メイプルの言うフレンドとは、先日一緒に冒険したベルベットとヒナタのことである。

「【thunder storm】っていうギルドで、ギルドマスターしてるんだって！」

「そのギルドなら私も知ってる。第四回イベントの時に相当暴れたらしくて、雷使いってことなら振り返り映像のアレかなぁ」

「アレ？」

「うん。すごい雷が柱みたいになってて、プレイヤーが見えないくらい辺りが真っ白だった」

その中心にいたのが恐らくベルベットだったのだろうと、メイプルは当たりをつける。プレイヤーの姿が見えなかったのなら顔があまり知られていないのも当然である。

「すっごい強かったんだー。あ！　あとね、サリーみたいにモンスターをパンチしてたよ、こう！」

メイプルは拳を握るとシュッシュッと両手を交互に突き出してみせる。

「あはは、私の【体術】スキルは回避に関連して偶然手に入ったやつだし、攻撃に使ってたのならちょっと違うと思うけどね」

「あ、そうだったんだ」

サリーと同じスキルなら教えてもらえば使えるかと思ったが、別物ならしかたないと、メイプルは少し残念そうにする。サリーはメイプルから二人が使っていたスキルについて聞くと、うんうんと頷く。

「強いね。ヒナタっていう子が後衛でデバフに専念して、ベルベットがその分の攻撃を超火力で何とかするのか……」

もちろん、超高威力の拳も広範囲の雷撃も弱点はある。前者はレンジの短さ、後者はスキルによる無効化や範囲外への脱出である。

ただ、隣にヒナタがいるとなると話は変わってくる。

「メイプルもさ、動かない相手にスキルを当てるのは簡単でしょ？」

「うん、サリーには当たる気しないし……」

「だから動きを完全に止めて、必中にできるのは強いってわけ」

「うんうん」

「まあ、つまり私とは相性が良くないとも言えるんだけどね」

サリーはどこまでいっても近距離攻撃主体なため、雷撃とデバフのレンジ内に踏み込む必要がある。ベルベット達は一対一では厳しいタイプの相手になるだろう。

「真っ正面から戦うのが好きってことみたいだし、気をつければ戦闘は避けられそうだけどさ」

「最初会った時の印象と全然違ったから、ダンジョンの後で話した時はびっくりしたよ。今度サリーも一緒に会わない？」

「ん、まあ興味はあるかな。それだけ強いならきっと今後戦う機会もあるだろうし戦闘スタイルとかスキルとか知れるだけ知っておきたい。そういうのベルベットは好きじゃないかもしれないけど、やっぱり情報は大事だからね」

雷のような瞬間的な攻撃を、反射神経頼りで避けるのには限界がある。スキルの攻撃範囲を知っておくのは重要になってくるのだ。

「じゃあまた今度会いにいこー！　あっちも二人だしこっちもサリーを紹介しないと！」

「ふふっ、それは相棒ってこと？」

「うん！　そうだよ！」

すっと言い切るメイプルにサリーはすこし笑みをこぼして、改めてメイプルの方を見て返答する。

「……なら、私も相棒に相応(ふさわ)しいところ見せないとね」

「ふふふー、期待していますよサリー君」

「うん、任せたまえメイプル君」

そんな他愛ないやり取りをして、二人は今日の本題に入る。

今日は二層観光の予定なのだ。二層は三層以降と比べると一つ前の層と大きな差異がなく、一層二層合わせて初期のオーソドックスなフィールドという位置付けである。

二層の情報収集はサリーに任せていたため、メイプルはどんな場所へ行くのだろうとワクワクした様子で次の言葉を待つ。

「で、まあそんなメイプルに一つ面白そうな場所を。って言っても開放される時間に制限があるから少しのんびり向かうことになるかな」

「なるほどー」

「まあ、ちょっと遠いからね」

「じゃあ、何かお弁当買って早速行こう！」

「そうしよっか」

こうしてメイプルとサリーは日の沈んだ夜のフィールドへと出向くのだった。


二層も一層と同じく、二人が全力を出すほどの相手はいないため、目立たないよう服装を変更し、サリーがメイプルを背負って目的地まで走っていく。

「どんなところだと思う？」

「んー、夜じゃないとだめなんだよね？」

「そうそう」

時間が指定されているイベントは、メイプルも何度か体験したことがある。第二回イベントで出るモンスターが夜だけ変わったり、その先でイベントが発生したりしたのと同じようなことだろう。

「でも、幽霊とかだったらサリーが紹介したりしないはずだし」

「……まあ、そうだね」

「それで夜でしょー」

「なんとなく分かったかな？」

答え合わせは現地ですることにして、二人はフィールドを進んでいく。

そうしてサリーがやってきたのはぽっかりと口を開ける洞窟(どうくつ)の前だった。光のない洞窟内部を入り口から覗(のぞ)くと、道は下り坂になっているようだった。後ろ側が山になっているわけでもないため、転移の魔法陣でもなければこのまま地下へと向かうことになる。

「あれ？　地下かあ……」

「ん？　予想とは違った？」

「うん、星空を見るのかと思った。ほら、あの髪の色とかが変わっちゃうご飯食べた時も夜だったし」

「ふっふっふ……まあ、じゃあ行ってみよう！」

「うん！」

「明かり出すからね」

サリーはインベントリからランタンを取り出すと暗い洞窟の中を照らして進んでいく。

「一応モンスターも出るから気をつけてね」

「うん」

メイプルは念のためにと【身捧ぐ慈愛】を発動させ、光のフィールドでサリーを守る。

「……ランタンいらない？」

「……そうかも？」

【身捧ぐ慈愛】によって光り輝く地面を見て、サリーはランタンをしまおうとする。

「……ねえサリー、やっぱり【身捧ぐ慈愛】無しでもいい？」

「ん？　まあ、ここのモンスターならそれなしでも私は大丈夫だと思うけど」

サリーは何故メイプルがそんな提案をしたのか意図が読めないという様子である。

「ほら、なんていうか今回はダンジョン攻略じゃなくって綺麗なスポットが目的だから、途中の雰囲気も大事かなぁって！」

「洞窟も探険みたいに楽しむってことでいい？」

「そう！」

「おーけー。任せて、個々のモンスターの攻撃程度避けられない私じゃないよ！　それに探険ってことなら……はいっ！」

サリーはインベントリから新たにアイテムをいくつか取り出すと、メイプルの前に並べる。松明(たいまつ)にヘッドライト付きヘルメット、ロープやピッケル、大きいリュックなど、どれも探険というテーマに合ったものがよりどりみどりである。

「インベントリがあるしリュックは無くてもいいと思うけど、ほら雰囲気あるでしょ？」

「うんうん！　流石(さすが)サリー！」

きっちり二つずつ用意されたそれらを二人はフル装備する。リュックはサリーが時折つけるポーチのようなもので、いくつかのアイテムをインベントリの外で保管しておけるものなため、メイプルはそこにロープやピッケルをしまって準備を終えた。

「それっぽくなったんじゃない？　まあ、服はちょっと場違いかもしれないけど」

二人は初期層での観光はフィールドでも町で遊ぶ時の服装のままなため、ただの洋服のようなものを着ているのだ。

「今度はそれも用意してこようかな」

「アリかもね」

「えっと、一番奥まで行けばいいんだよね？」

「うん、それで問題なし」

「よーし！　れっつごー！」

メイプルは松明をぐっと突き上げると、意気揚々と洞窟を進んでいく。二層なのもあってか複雑なギミックもなく、強力なモンスターもおらず、快適な探索が続く。サリーの魔法も二層なら十分な威力があるため、向かってくるモンスターは近づく前に倒れることになる。

「滑らないよう気をつけてね」

「うん！　足元照らして……ずっと下りだね」

「そろそろちょっと変化が出始めるかな？　メイプル、一旦松明消してみて」

「分かった！」

周りにモンスターがいないことを確認して明かりを消すと、辺りは一気に暗闇に包まれる。

しかし、しっかりと地面を確認すると、所々明かりをつけていては分からない程僅かに光っていることが分かる。何かが光を放っているというよりは、光そのものが不思議な力でその場にとどまっているという風で、メイプルはしゃがみこんで光をじっと確認する。

「おっ、見えるね。これが目印ってわけ」

「なるほど……これも普通に探索してたら見逃しちゃいそう」

「くまなく探索したつもりでも見落としなんて多いものなんだよね。きっと本当に誰にも見つかってない場所もまだまだあるよ」

「んー、また頑張って歩き回ってみないとだね！」

その時はまたサリーと一緒にと満面の笑みを浮かべるメイプルに、サリーははいはいと笑顔で返す。

「目印があるのは分かったでしょ？　あとは分かれ道で確認したら大丈夫」

「おっけー！　じゃあまた松明松明！」

目印さえ見つかれば迷うことはない。サリーの言ったように分岐ごとに確認をして、迷わないように暗い洞窟を進んでいく。入り口と比べると次第に道は細くなり、体勢を変えて移動するような場所も増えてくる。

「ふぃー、結構進んだかな？」

「うん。あと少し行ったところの縦穴を下りればすぐのはず」

「おー！　いよいよだね！　よしっ、頑張ろう！」

「うん、落ちないように……する必要ないかもしれないけど、一応ね？」

「お願いしまーす！」

サリーはメイプルを背負うとロープで身体を固定して、近くの岩にもう一本別のロープを括り付けて縦穴へと垂らす。いつもシロップから飛び降りたり、自爆飛行で着地は防御力任せにして墜落したりしているメイプルなら恐らく問題なく落下できるだろうが、それならばここまでの道程で松明など使ってはいないだろう。

「しっかり掴まっててね」

「もしモンスターが来たら麻痺させるね！」

「ありがと。よし、下りるよ！」

メイプルはサリーにしがみついたまま、しっかりと短刀を使えるようにして、【パラライズシャウト】をいつでも発動できる準備を整える。準備ができたことを確認するとサリーはロープをピンと張って、壁に足をつけてスルスルと下りていく。

ゴツゴツとした岩肌は湿り気がなく、サリーは滑る心配もなく順調に縦穴を攻略する。時折ヘッドライトで下を照らして安全を確認しつつ、飛んでくるコウモリのモンスターはメイプルによって適宜麻痺させて地面に叩き落とし、無事に穴の底へと下りることに成功した二人は、まず麻痺したコウモリを処理すると、モンスターの気配がないことを確認して一息つく。

「ふぅ、お疲れ。下ろすよ」

「うん！」

サリーはモンスターを魔法で倒し切ったところで、メイプルを下ろす。縦穴を攻略した二人の前には細い横穴が続いており、その地面や壁には目印となる光があちこちに見られた。

「蛍みたい」

「確かに。ここを抜けたら目的地だよ」

そう言うとサリーはヘッドライトを切り、メイプルにもそうするように促す。目印となる明かりはもはや微かなものではなくなっており、それだけで十分な光源が確保されているため、移動も問題なくできるだろう。

そうして光る横穴を歩いて行き、二人はついに目的地、洞窟の最奥へと辿り着いた。

ドーム状になった空間には、色取り取りの光の玉が淡い光を放ちながら浮かんでおり、道中がそうだったように、天井や床を彩る光はその数を増して、二人はプラネタリウムのようだと感じつつ、空間の中央まで歩いていく。

部屋の中央には天井と地面をつなぐ柱が一本あり、柱からは一際強い光が放たれていた。近づいてそれを見てみると他の浮かぶ光とは異なり宝石が光っているようだった。

「メイプル、手にとってみて？」

「うん……わっ！　取れたよ！　えっと……【手の中の天体】？」

メイプルの手中に収まる輝く球体は、特にこれといった効果はないようだったが、メイプルは目を輝かせてそれを見る。

「おおー、綺麗！　探険した甲斐あったね！」

「ふふっ、そう？　なら良かった。それ自体は今のところ使い道は見つかってないんだって」

「へえー」

「ここに来るの大変だし、綺麗だけど人気はないみたい」

「じゃあ、穴場ってことだね！」

「そういうこと。思う存分のんびりしていけるよ」

静かな空間に二人は腰を下ろすと夜空のように見える天井を見上げる。

と、ここでメイプルは予想が当たっていたことに気がついた。

「あ、やっぱり星空だったんだ！」

「そ、地下の星空。調べた感じだと各層に一つは夜空がモチーフになったスポットがあるみたい」

「へー、じゃあ全部コンプリートしたいね！」

「いいね。メイプルが楽しいと思ってくれるなら、いつでも探険に行くよ。それに、全部見て回ったら何かあるかもよ？」

「あったらもっといいね！　でも、なくてもいいかな……」

「そう？」

「うん、ここまで来るのも楽しかったし！」

メイプルにとっては、この景色と二人でわいわい探険した道中が何よりの報酬だったのだ。

そして、それは今後も変わらないだろう。

「そっ、か。うん、私もそうかな」

「あっ！　そうだ、サリー！　今回は記念品一つしか手に入らなかったし、どうしよう？」

「……メイプルが持っててよ」

「私？」

「うん、いつでも思い出を振り返れるようにさ」

「それだったらサリーも欲しいんじゃない？」

「ふふっ、私は忘れないからいいの」

「えー？　私もそんなに忘れっぽくないよー！」

「そうかな？」

「そうだよっ」

二人はどちらからともなく顔を見合わせると、暗がりでも分かるように笑い合う。のんびりとした緩やかな時間が過ぎる中、二人は地底の星空を見上げて、買ってきたお弁当を食べるのだった。

五章　防御特化と四人組。

　ここの所毎日各層を駆け回っているメイプルとサリーだったが、今日は待ち合わせがあるため七層の町で相手を待っていた。

「そろそろかな？」

「ん、来たみたい。ほらあの二人でしょ？」

　サリーが示す先にはこちらに向かって歩いてくるベルベットとヒナタがいた。メイプルから聞いていた特徴通りだったため、サリーにもすぐに分かる。

「思ったより早く予定が合って良かったっす！」

「そちらが、えっとサリーさん……？」

「うん。よろしくね」

「時間が惜しいから、話しながら行くっすよ！」

「いいよー。サリーもいいよね？」

「大丈夫」

　こうして四人はフィールドへと歩いていく。今日の目的は交流。裏の目的としては、スキル等の戦闘能力を測ることだが、サリーのそれとベルベットのそれの性質が違うことは明確である。

　四人は他愛無い話をしつつ、ちょうどいいモンスターが出る場所まで移動する。今日はサリーの馬に乗ることができるため、メイプル一人移動に困ることもない。そうして移動しているとベルベットが唐突にサリーに切り出す。

「あ！　よければ後で決闘したいっす！」

「私と？　フレデリカみたいなこと言うね……まあ、メイプルから話を聞いた時に言いそうだとは思ってた」

　ベルベットは目を輝かせて返答を待っている。サリーは少し考えて返答する。

「……やるとして、今日の予定が終わった後でね」

「なるほど！　まずはボスモンスターで肩慣らしってことっすね！」

「でも、メイプルとじゃないんだね。出会った時に色々見たからもう十分？」

「うーん、正直なところ……サリーと戦いたいだけっすね」

　スキルの情報を得るだとか、そんなものは二の次で。メイプルから聞いていた通り、ベルベットはただ純粋に強い相手と戦いたいのだろう。そして、メイプルではなくサリーを選んだ理由は、サリーの方がメイプルより自分に近しいものを感じたからだった。

「本当に聞いてた通りなんだね。ま、私はメイプルよりは対人戦に積極的だよ。勝てる限りは勝つし、負ける勝負はしない。だから、今日の戦闘を見て勝てなそうなら遠慮しようかな？」

サリーはそう言うと冗談っぽく笑い、ベルベットはそれに対してなんだって真っ向からやってみないと分からないと返す。

「でも勝てない勝負はしないのは本当。私負けられないんだよね」

「サリーはまだ一回もダメージ受けたことないんだよ！」

「えっ⁉　本当っすか⁉　んんん、なおさら燃えてくるっすね！」

「対人戦で死亡しないことが条件のスキル……とか、あ、あるのかもしれません」

「どんなスキルもあると思えるくらいだし、ありえるっす！」

「どうだろうね。ただ、そういう訳だから絶対にやるとは言えないかな」

「分かったっす……でも、楽しみにしてるっすよ！」

そうして四人は七層のとあるモンスターを倒しに向かうのだった。


四人が馬を止めた場所、それは岩山の麓だった。ここから目的地に向かうには順路通りに頂上へ向かう必要がある。

「途中にチェックポイントがあって、それを全部突破して最後にボスっす！」

「シロップとか、飛行能力のあるモンスターで飛んでいくと頂上のイベントが発生しないって訳」

「……知ってるんですね」

「ちょっとメイプルとの約束で色々調べてただけ。ここは行かなかっただろうけど」

メイプルが一人ここは観光スポットではないとようやく理解する中、四人は岩山へと歩を進める。

岩山は内部を進みつつ、最終的に頂上に出られるようにできている。ベルベットの言うチェックポイントは岩山の内部にあるという訳だ。

「じゃあ早速行こー！」

「そうっすね！」

メイプルとベルベットが先頭を行き、サリーとヒナタがそれについていく。岩山の中は今までも何度か探索してきた洞窟になっているものの、モンスターは一切現れない。そのためチェックポイントまで楽に辿り着くことができた。

そこにはボス部屋の扉に似た、細かい装飾が施された閉まった門があり、一目見てこれがチェックポイントなのだろうと察せられる。

「着いたっすね！」

「おっきい門だねー……えっと、どうしたらいいの？」

「パーティーから好きな人数選んで、中のモンスターに勝てば進めて、挑戦人数によってモンスターの強さも変わる」

「なるほどぉ」

「ここは私が行くっすよ！」

「……相性がいいっていうよりは、戦いたくって仕方なかったって感じだね」

「当たりっす！」

ここに来るまでモンスターとの不要な戦闘を避けてきたため、元気が有り余っているのだ。ベルベットが挑戦人数を自分一人に設定すると同時に門が開く。

「私達も入ることはできます……せ、戦闘には参加できないですけど」

「じゃあ、応援だね！」

「そうなるね」

ベルベットが門をくぐったのに続いて、メイプル達も先へ進むと、門の先には円柱状に整備されたエリアが広がっており、中央には二メートル程の人型の石像があった。

ベルベットがガントレットを装備した拳をぐっと握り締めて戦闘態勢を取ると同時に、石像は鈍い音を立てて動き出す。石像もまた武器を持っておらず、同じように拳を構える。石でできた体はベルベットよりも遥かに屈強で、外見だけを見ればベルベットに勝ち目などないように見えるだろう。

「さて、やるっすよ！【雷神再臨】！」

その言葉とともにベルベットから凄まじい量の電撃が弾け、殴り掛かろうと駆け寄ってきていた石像の動きを一瞬停止させる。

「【電磁跳躍】【ハートストップ】！」

動きの止まったその一瞬、サリーがスキルを使うよりも遥かに速く跳躍し距離を詰めると、その勢いのまま石像を殴りつける。それと同時に電撃が弾け、動き出そうとした石像が再び僅かな時間硬直する。

「【重双撃】！」

一瞬の硬直に合わせて左右の拳での二連撃が石の体に突き刺さる。華奢な体に似合わない威力のそれは鈍い音を立てて、石像を後方に撥ね飛ばす。

「【疾駆】！」

今度は素手を武器とする際に使うことができるスキルで急激に加速し、一気に距離を詰め再び得意なレンジに持ち込むと、その体から青白い電撃を迸らせる。

「【放電】！」

攻撃回数、被弾回数に応じて溜まった電気が吐き出されて、石像を何度も繰り返し焼いていく。その収束と同時にベルベットから弾けていた電気は収まり、石像は地に倒れ伏して光となって消えた。

「んー、流石にもう相手にならないっす！」

「すごーい！　前と違ってびゅんびゅんって動いて一瞬で終わっちゃった！」

「何度もここに来てるから、もう倒すのも簡単っす！」

「いいなあ、やっぱり速く動けるのもかっこいいよね！」

「…………」

「……サリー、さん？」

ベルベットとメイプルが盛り上がる中、サリーはじっと目を閉じて先程の戦闘を振り返っていた。

メイプルから聞いていた電撃だけでなく、今回は武器種特有の戦闘を間近で見ることができた。

そんなサリーは一つの違和感を抱く。

素手のレンジは最も短く、それ故に威力が高く設定されているスキルもある。

しかし、それを鑑みてもベルベットの拳はあまりに重いように感じられた。

「リスクは……仕方ないか」

「………？」

「あっ！　どうだったっすか私の戦闘！　戦いたくなったっすか？」

「うん、なったよ。後でやろう」

サリーがそう言うと、ベルベットは嬉しそうに笑顔を見せる。

「ま、ただ、そっちにだけ見せてもらうのもね。次は私がやる」

「おおー！　いいっすね！」

「それで戦ってもつまらなそうだったら考え直してよ」

サリーはそう言うと、次の門を目指して先頭で歩き始める。

一つ目の門までがそうだったように、二つ目の門への道もモンスターがおらず簡単に進んでいけるものだった。

「そういえばベルベットさっき何度も来てるって言ってたよね？」

「一対一でとことん戦えるっすからね！　でも、そろそろ物足りなくなってきたところっす」

良さそうなダンジョンが見つかる度ヒナタを引っ張って突撃していたベルベットは、強力なボスモンスターを探していたのだという。ヒナタと二人で戦えばほとんどのボスは一方的に倒しきることができる。となれば、ベルベットが望む楽しい戦いはできないだろう。

いつもヒナタを付き合わせる訳にはいかず、一人ならまだ強く感じる相手もいると、ベルベットは一人で修行に来ていたわけだ。

「私個人もどんどん強くなってるし、ヒナタと二人なら負けないっす！」

「で、新しい対戦相手に私とメイプルを見つけたってことね」

「二人が強いのは以前のイベントで知ってるっすから！」

「そうそう、二人とはライバルなんだよ！」

会話をしていてサリーは改めてベルベットに裏がないことを確信する。メイプルの言った通りだったというわけだ。

「ライバルって言ってもメイプルは進んでＰｖＰはしないでしょ？」

「うーん……そうかも。イベントの時くらいかな」

「ま、そういう訳だから決闘したいなら私の方に来たら？」

既に一人そんなことをしているプレイヤーがいるのだから、もう一人増えたところで大きな差はない。

「ヒナタは私みたいに戦闘ばかりっていうタイプじゃないっすから、一対一ができるのは嬉しいっす！」

ヒナタは必要があれば戦うというスタイルなため、一人で好きに戦いを楽しみ続けられる場所を探しているベルベットとはまた違う。

「ベルベットと一緒にいるのは楽しいです……でも、ベルベットを楽しませてあげられる人がいると……嬉しいです」

「サリー、責任重大だね！」

「んん、まあまずはあの門の先で、楽しめるくらいかどうか見てよ」

「分かったっす！」

そう言うと、サリーは道の先に姿を見せた二つ目の門に向かうのだった。

「挑戦者は私一人でいいよね？」

「頑張ってサリー！」

「えっと……応援してます」

「しっかり見てるっすよ！」

「じゃあ、行ってくる」

サリーは戦闘人数を自分一人に設定すると、先程と同じ円柱状の戦闘エリアに足を踏み入れる。そこには最早鈍器と言っていいような石の大剣を持った石像がいた。

「見るからにパワーファイターって感じだね」

サリーは石像と対峙すると二本のダガーを抜いて構える。

「朧、【火童子】」

朧によって炎を纏うとそのまま真っ直ぐに駆け出し、石像との距離を詰める。ベルベットの時と同じく体格差があり、今回は武器のリーチも石像の方が上回っている。まず先に攻撃を開始したのは石像だった。

石の体とは思えない素早い振り下ろしで、大剣は一瞬で空間を裂く。僅かに砂埃が舞う中、サリーは体の向きを変えてスレスレで回避し、カウンターとばかりにまず大剣を斬りつける。

「ダメージなし。ならこのまま……！」

石像のすぐ横をすり抜けて、二本のダガーで脇腹に傷をつける。ダメージエフェクトが弾ける中、サリーはそのまま再び石像から距離を取る。

まだ【剣ノ舞】によるＳＴＲ上昇値が小さいため、サリーが出せるダメージは最大とは言えない。とはいえ、サリーの攻撃力自体は決して低くはないのだ。先程と違い僅かに減少しただけのＨＰバーを見てサリーはベルベットの攻撃力が相当高いことを確信する。

「ふっ！　はあっ！」

サリーは振り返ると、今度は横薙ぎに振るわれた大剣を地面に張り付くような低姿勢での突進によって回避し、ダガーで片足を斬り裂いて再度背後に抜けていく。

何度やっても同じことで、石像が攻撃に転じるたび、逆に石像からダメージエフェクトと炎が弾ける。石像の攻撃はそのまま全て隙となり、攻めようとするたびＨＰは減少していく。

完璧なカウンター。サリーはスキルなど使わずに、ただ純粋な技術のみで石像をボロボロにする。

一目見て分かるような強力なスキルを使わずとも、その戦闘には凄みがあった。

「ちゃんと目の前で見るのは初めてっすけど……」

「はい……石像にデバフはかかっていないと思います。えっと、サリーさんは本当に……ただ避けています」

「えへへ、すごいでしょ！」

「すごいっす！」

自分のことのように誇らしげなメイプルの隣で、ベルベットはじっとサリーの動きを見る。ベルベットから見ても、サリーは回避のために特殊なスキルを使っているようには思えなかった。実際そんなものはなく、故にただの基本攻撃と身体能力だけで戦っているサリーはまだまだ全力とは言えないのだろう。

「んー！　すっごい楽しみっす！」

ベルベットは決闘を楽しみにしつつ、サリーが危なげなく大剣を避けて石像を斬り伏せるところを眺めるのだった。

結果として、サリーはただの一度も攻撃を受けることなく大剣を持った石像を破壊した。使ったスキルは【火童子】くらいである。

「お疲れ様サリー！」

「うん、ありがと」

「お疲れ様っす！　俄然……楽しみになってきたっす！」

「それは良かった」

「もっともっと戦っているところが見たいっす！　石像じゃ力不足過ぎたっすねー」

石像の攻撃は当たりさえすれば防御力の低いプレイヤー一人程度は簡単に消し飛ばす威力があったものの、連続スタンによる行動不能に全攻撃の回避とくれば二体ともその力を発揮できなくて当然である。

「ボスはそれなりに強いらしいけど？」

「流石に敵わないっすよー。だから、ぱぱっと倒して本題に行くっす！」

「やりきりはするんだね」

楽しそうに話すベルベットと、それに応対しながら次の門へ向かって歩き出すサリーを見つつ、メイプルとヒナタも後ろをついていく。

「仲良くなってるみたい。息ぴったりって感じ？」

「二人は……似ている所があるのかもしれません」

「そうかも！」

出会ってすぐなのにもかかわらず二人の息が合っているように思えるのは、二人の性質が似ているためかもしれない。

「チェックポイントっていくつあるか知ってる？」

「えっと……あと一つです。ボスも合わせれば、戦闘はあと二回です」

「ありがとう！　じゃあ、サリー達はもう戦ってくれたし、最後は私達の番だね」

「あの、私は一人での戦いには……向いていませんから、よければメイプルさん一人か……えっと私と一緒か」

ヒナタは極端なデバフ特化型である。相手を滅茶苦茶に弱体化させることはできてもそれを倒しきる能力に欠けるのだ。

「じゃあ、二人で！　それで、ボスは皆でやろう！」

「は、はいっ……頑張ります！」

「よーし、サリー！　次は私達二人でやるー！」

「聞こえてたよ。石像辛そうだなあ」

「次って強いの？」

「あ、ううん。この二人を相手にするなんて石像からすると辛いだろうなってこと」

「そうっすね。ヒナタは強いっすよ！」

「メイプルも強いよ」

「あはは、それは前によく分かったっす！」

二人はベルベットやサリーにも増して、相手による有利不利がはっきりしている。先程までのような石像が相手なら、結果も見えるというものだ。

頂上が近づく中、最後のチェックポイントまでやってきたメイプル達は、予定通りメイプルとヒナタの二人で挑戦することにした。

「頑張ろー！」

「は、はいっ」

メイプルが大盾を構えて前に立ち、ヒナタを背後に隠すようにして中に入る。今までと同じ見た目の戦闘エリアには、今までとは異なり二体の石像がいた。

一体は石でできた巨大な弓を持ち、もう一体は大きなハンマーを持っている。

「わわっ、二体いる！」

「えっと、えっと、動きを止めます……！」

「やってみて！　私は【身捧ぐ慈愛】！」

メイプルはまずヒナタに攻撃が行かないように【身捧ぐ慈愛】を発動させると、シロップを呼び出してヒナタの出方を見る。

「【コキュートス】」

ヒナタから発生した冷気は一瞬のうちに円柱状の戦闘エリアに広がって、二体の石像の動きを停止させる。メイプルの【凍(い)てつく大地】の比ではないスキルにより凍りつき氷像のようになっているうちに、二人はやれるだけのことをする。

「シロップ【巨大化】【白の花園】【赤の花園】【沈む大地】！」

メイプルはヒナタとともにシロップの背に乗ると、地面に自分達に有利なフィールドを広げていく。

「【星の鎖】【災厄伝播(でんぱ)】【脆(もろ)き氷像】【重力の軋(きし)み】」

以前ベルベットとヒナタが二人でボスを倒した時と同じスキルによって石像二体にさらなる冷気と重力が襲いかかり、続けて動きを停止させる。

「もっと……【錆(さ)び付(つ)く鎧(よろい)】【死の足音】」

ヒナタの人形から溢(あふ)れる黒い靄(もや)が地面を這(は)うように進んでいき、まともに動けない石像を覆ってさらに防御力を落としていく。長い長い拘束時間。一度行動を停止されれば連鎖的に発動される次のスキルが相手のただ一撃すら許さない。

「メイプルさん……えっと攻撃はお願いします」

「うん！【全武装展開】【攻撃開始】！」

体を地面に沈められ、凍てつき、重力に押しつぶされた二体の石像はメイプルの銃撃によって抵抗もできず撃ち抜かれていく。

「わっ！　すごいダメージ！」

メイプルの予想をはるかに上回るダメージが出て、石像はみるみるうちにＨＰを減らしていく。銃撃の音に紛れて時折聞こえるヒナタの声から何らかのスキルを発動しているのだろうことが分かる。それを示すように動きかけた石像はその度にピタリと動きを止め、その防御力はどこまでも落ち続ける。

メイプルの銃撃の威力が変わらずとも、相手の防御力がどこまでも落ちていけば、本来弾幕によって削っていくスキルも、一発一発が凄まじい重さになる。

「メイプルから話は聞いてたけど……それ以上だね」

「ああなったら負けっすねー」

ベルベットとサリーが見守る中、二人の戦いは、ヒナタの重力と氷、メイプルの地形変化と状態異常によって石像がただの的と化すという、ここまでで最も一方的な蹂躙となり終わりを迎えるのだった。

最後のチェックポイントを過ぎた四人は、そのまま休むことなく頂上に向かって進んでいく。

「どうっすか、ヒナタはやっぱりすごいっすよね？」

「うん！　すごかった！」

「あの、えっと、そんな……」

「本当に強いのはヒナタの方っすよー！」

「ベルベットも強いけどね。ヒナタみたいなタイプはまだ見たことなかったかな」

　ヒナタのスキル範囲内に無策で飛び込んではいけないのだ。ベルベットの落雷よりも防ぐのは難しく、一度当たるだけでそこから連鎖的にスキルが命中しまともに動くことができなくなってしまうのだから、危険度は高い。

「ヒナタと二人なら無敵っすよ！」

　自信満々にそう言ってのけるベルベットの横で、ヒナタは手放しに褒められて恥ずかしそうにしているが、過言でないことは戦闘で証明されている。

「私とサリーも二人なら無敵だよ！」

「いいっすね！」

「そこまではっきり言われると、期待に応えないとなあ」

「じゃあボス戦は一気に片付けて、メイプルの相棒のお手並み拝見といくっすよ！」

「本当に……楽しみみたいです」

　途中、一戦分その目で戦闘を見ることができた分、尚更なのだろう。待ちきれないという様子で坂道を駆け上がっていく。

「あ、でも四人でのボス戦は初めてっすから、予想よりボスも強いかもしれないっす」

「四人で全力でやれば大丈夫だと思うけどね。というかそれで駄目なボスは相当……」

ここにいるのは全員が強みを持ち、そしてそれが群を抜いて強力な四人である。並大抵のボスでは太刀打ちできないのは自明だった。

「ヒナタ！　どんなのが来てもよろしく頼むっす！」

「防御は私に任せて！」

「は、はい……とても、頼もしいです……」

「私のダメージの出し方は地道だから、ボス戦はメイプルとベルベットがメインになるかな？」

サリーもベルベット同様四人でのボス戦がどういったものになるかは知らないため、実際どうなるかはボス戦が始まってから柔軟に対応していくことになる。そのために相手の出方を見る時間は、ヒナタとメイプルがいればいくらでも稼ぐことができるだろう。

例のごとく移動中に山場はなく、ボス前まで簡単に辿り着くことができた四人は躊躇なく扉を開けてボス部屋へと入る。

そこはすり鉢状になった山の頂上で、周りを岩壁に囲まれ、さながら巨大なコロシアムのようだった。そんな戦闘エリアの中央には途中戦ってきたよりも二回りほど大きい石像が、石の槍と盾を持ち、鎧を着て佇んでいた。

「槍は初めてっす！　ヒナタ、全力で頼むっすよ！　【雷神再臨】！」

「はい……！」

「よーし私も【捕食者】！」

「さてと、どうくるか」

各々戦闘態勢を取りつつメイプルの【身捧ぐ慈愛】の範囲内から出ないように、今まで通り石像が動き出すのを警戒しつつ前へ進んでいく。

「きたっすね！」

メイプル達がある程度近づいたところで石像が動き出し、その巨大な槍を天に突き上げる。メイプル達が出方を窺(うかが)っていると石像がぐっと膝(ひざ)を曲げて天高く跳躍した。

「わわっ！　飛んだよ！」

「そのまま突っ込んでくる！」

石像の持つ槍は遠目から見ても分かる程輝いており、開幕から強力な一撃で陣形を破壊しようとしているのが伝わってくる。

「でも、それなら……」

「こっちのものっす！」

「えっと、【溶ける翼】……です！」

ヒナタがスキルを発動すると、飛びかかってきていた石像は一気にその勢いを失って地面に墜落する。

「【凍てつく大地】【星の鎖】【災厄伝播】」

ヒナタが地面に落ちた石像をそのまま氷の大地によって縫い止め、いつも通り防御力を低下させる。そこにメイプルは銃口を向け、サリーとベルベットはそれぞれ炎と雷を纏って駆け出していく。

「【電磁跳躍】！」

「【水の道】！」

サリーは水中を泳いで、ベルベットは雷を残し跳躍して、それぞれ距離を詰めると一気に攻撃を叩き込む。

「【嵐の中心】【稲妻の雨】【落雷の原野】！」

足元まで辿り着いたベルベットを中心に大量の雷が降り注ぎ、それは容赦なく次々と石像を焼き焦がして、ＨＰバーをガクンガクンと削っていく。

「【クインタプルスラッシュ】！」

凄まじいダメージを与えたことで攻撃の対象がベルベットに向いた瞬間にサリーはスキルでの攻撃を選択する。通常攻撃よりもダメージの高いそれは【剣ノ舞】の強化が完全でなくとも満足できるダメージを叩き出す。

「【攻撃開始】【滲み出る混沌】！」

【毒竜】を撃つわけにはいかないため、メイプルは後方から遠距離攻撃スキルで援護と言うには強すぎる射撃をする。石像が持つ大きな石の盾でも全てを防ぎきることはできていないようで、体のあちこちからダメージエフェクトが弾ける。

しかし、【凍てつく大地】は移動を止める事しかできないため、石像は攻撃に仰け反りつつも、最もダメージを出しているベルベットに向けてその巨大な槍を突き出す。

「【パリィ】【渾身の一撃】【連鎖雷撃】！」

突き出された槍は構えられた拳に当たると同時に弾かれて逸れ、ベルベットには届かない。スキルによる確定の防御、それが作った時間を使ってベルベットは石像の足に右ストレートを叩き込む。それに合わせて発生した雷撃は凄まじい量のダメージエフェクトを散らし、今もなお止むことのない落雷も相まって、逆側で今も尚攻撃を続けるサリーや、射撃を続けるメイプルにボスの攻撃対象を移させない。

一瞬のうちにあまりにも多くのダメージを受けたボスだったが、ようやくヒナタの拘束が解けたようで、落雷の雨が降る範囲から逃れようとする。

「私も！　もう一回っ！」

そこに自爆飛行でメイプルが吹き飛んで来て、バウンドしながら足元に転がってくるとスキルを発動する。それはヒナタが持っており、メイプルもまた持っているスキル。

「【凍てつく大地】！」

メイプルの声と共にもう一度地面に氷が走り、後ずさろうとしたボスは地面に縫いとめられる。

「畳み掛けるっす！」

「斬り刻む！」

唯一のチャンスと言えたこの瞬間に逃げられなかったボスの末路は、最終チェックポイントの石像と何ら変わらないものになるのだった。

六章　防御特化とライバル。

「あー、終わっちゃったっす」

「案外あっけなかったね。メイプルもお疲れ様」

「うん、お疲れ様」

「えっと……この後は……」

　ボスも倒した所で、ベルベットがサリーの方を見る。サリーの意思も変わらなかったようで無言で頷いて返答すると、ベルベットは早速決闘の誘いを出す。

「頑張ってサリー！」

「負けないよ。絶対」

「言うっすねー」

「ベルベット……応援してます」

「ボス戦より楽しい戦いになりそうっす！」

　サリーがベルベットの誘いを受けると、二人は転移して姿を消した。

決闘専用の空間に飛ばされた二人は、距離をとって向かい合いつつ決闘開始の時を待っていた。

「ふぅ、いつでもいいよ」

「ＨＰがゼロになった方が負けっす。全力で来るっすよ！」

「当然。勝つために必要なら、出し惜しみはしない」

「始まるっすよ」

カウントダウンがなされて、ベルベットは拳を、サリーはダガーを構えて開始を待つ。そして決闘開始の合図と同時に、ベルベットから雷が発生する。

「【雷神再臨】！」

「戦ってるとこ見てるからね。行くよ！」

バチバチと体から雷は弾けているものの、それそのものにはダメージはない事が石像との戦闘で分かっている。楽観視はできないが、あのスキルは雷を操るためのスイッチのようなものだと結論づけた。ダメージを受けなければ纏(まと)った雷の影響がないのなら、問題はない。

「【嵐の中心】！」

ベルベットが叫ぶと同時に彼女を中心にして全方位の地面に稲妻が走る。

「【氷柱】！　【右手：糸】！」

「いいっすね！」

糸によって上空に避難したサリーは雷が通り過ぎていったのを確認し、すぐさま行動を起こす。

「朧【黒煙】！」

サリーの周りに黒い煙が広がりその姿が隠れたかと思うと、次の瞬間煙の中から五人のサリーが降りてきてそれぞれにベルベットに向かっていく。

「【スタンスパーク】！」

ベルベットからメイプルの【パラライズシャウト】に似たエフェクトが弾け、全てのサリーがばたりと地面に倒れ伏せる。

「【振動拳】！」

ベルベットが地面を殴りつけると衝撃波が発生し、倒れ伏したサリー五人全てに命中し、順に消滅していき、無事全員が消え去った。

「【ピンポイントアタック】！」

「っ、手応えないと思ったっす！」

背後から首元に一撃を受けてベルベットのＨＰがガクンと減少する中、サリーは雷撃が来る前に一瞬で距離を取る。ダメージ量を見るにベルベットの防御力も相当低いようで、サリーの一撃でＨＰは半分近くまで減少していた。

「でも、分かったっすよ。一体だけ消え方が違ったっす！」

「よく見てるね」

「そっちこそ、当たらなかったっすか？」

「自分の弱点くらい分かってるからね。スタンは受けられない」

「冴えてるっすね！」

見てから反応して避けるだけでは、避けきれない攻撃に対しては予測するしかない。特に、広範囲のスタン、麻痺に関してはサリーは常に攻略法を考えていた。

致命的なスキルはどこかで相手を誘って使わせなければならない。五人全員にヒットしたように見せて、【蜃気楼】で本体だけは距離を取り、発動後に糸、【跳躍】【超加速】で一気に距離を詰めて背後から刺したというわけだ。

「何となく分かってはいたっすけど……駆け引きでは勝てなそうっす！」

「だったら？」

「嵐の中に……招待するっすよ！」

「なるほど……！」

「【落雷の原野】【稲妻の雨】！」

面倒なことは考えずに、超広範囲スキルで焼き払う。一撃当たればそれで全ては終わるのだから、奇襲も何もできない程に、周りに雷を落としてしまえばいい。細かい駆け引きも何も存在しないような純粋な力のぶつけ合いに引きずり込むのだ。

ベルベットを中心に、二つのスキルによる雷が絶えず降り注いでおり、それはベルベットの移動に合わせて範囲を変えている。今のベルベットはまさに嵐そのものと言えるような存在だった。

「さあ、どうするっすか？　【電磁跳躍】！」

　ベルベットが跳躍して急接近するのに合わせて、雷の雨も近づいてくる。

「朧、【瞬影】！」

　サリーは朧のスキルにより一瞬姿を消し、ベルベットが見失った隙に距離を取って雷の雨から逃れると、再出現と共にさらに様子を見ようと後ろに下がっていく。

「【極光】！」

　そんなサリーを逃がさないとばかりにベルベットの纏う雷が強くなり、スキルの発動と共にサリーを中心として地面が円形に輝き、雷の柱が轟音と共に出現する。命中していれば間違いなく消し炭になる威力のそれは、今回も手応えなく消滅する。

「またっすか⁉」

　ベルベットが辺りを見渡すと降り注ぐ雷の範囲外に、サリーが立っているのが見えた。

「幻って、そんなに上手く使えるものなんすね」

「私にはそれと相性がいいスキルがいくつかあるからね。そろそろ……行くよ！」

「本気っすか？」

「もちろん。雷の雨は……さっきみたいに柱になってないから」

　サリーはそう言うと体勢を低くして一気に駆け出し雷の雨の中へと突っ込んでいく。ベルベットはサリーが無策で突っ込んでくるはずがないと、拳を構えながら【蜃気楼】を警戒する。

「ふぅ……っ！」

「……！」

ベルベットの目の前には信じられない光景が広がっていた。サリーがただただ純粋に反射神経と直感によってその全て(すべ)を避けて走ってきているのだ。幾筋もの雷はただ一つとしてサリーを捉(とら)えることはなく、全く避けようのないように思える雷の雨の中を直進してくる。

力には力。これは一見対策法のなさそうに思えるものをねじ伏せる力技。

不可能を可能とすれば、相手の戦略を破壊することができる。

「め、滅茶苦茶っす！」

「これくらいできないとっ……隣には立てないから、ねっ！」

「【紫電】！」

突き出したベルベットの腕から放たれた紫の雷が紙一重で落雷を避けていたサリーに正面から襲いかかる。雷らしく発生の早いそれが適切に放たれたことで前後左右全ての逃げ道が雷によって塞(ふさ)がれる。

「なら……！」

前後左右が塞がれたならとサリーは跳躍して紫の雷を飛び越えようとする。空中に足場を作ることができるサリーなら、三次元的に動いて活路を見出(みいだ)すことができる。

「【超加速】【跳躍】【連鎖雷撃】！」

ベルベットはそれを待っていたとばかりに一気に加速し、跳び上がる。いかにサリーに空中での機動力があろうとも、それは地上のそれよりも遥かに劣るのだ。ベルベットは電気が溜まりバチバチと音を立てる拳を叩きつけ、接近を許したサリーの体に、より激しい音とともに電撃が走る。

「嘘っすよね⁉」

ここしかないと繰り出した必殺の一撃は、三度不発に終わる。サリーの姿は揺れて空気に溶け、ベルベットは同時に背後から確かな気配を感じる。

「【放電】！」

「【超加速】【跳躍】！」

ベルベットの体から大量の雷が放出されるが、背後にいたサリーは即座に空中を蹴って、スキルで加速し電撃の範囲から逃れる。

「攻撃を無効化するスキル……っすね。自分は【紫電】を無効化して、幻は囮っす」

「どうかな？　でもようやく今までの戦闘で見た危険なスキルは使わせられた」

ベルベットのＨＰの減り方からすると、あのタイミングでサリーが一撃を加えることができればそれでゲームセットだったことは間違いない。だからこそ、ベルベットはあの不利な体勢でもサリーを確実に押し返すスキルとして、周囲に雷を撒き散らす【放電】を使う必要があったのだ。

「いいっすね。楽しいっす！」

「はは、こっちは綱渡りだけどね。でも、これで静かになった」

【放電】の使用とともに雷の雨は止み、ベルベットから発せられていた青白い稲妻も停止した。大ダメージを与えられるものの帯電状態を解除してしまうスキルだが、今回は身を守るために使うしかなかったのだ。

「すごいっす！　本当に避けるっすね。後でコツとか教えて欲しいっす！」

そう言って、ベルベットは再び拳を構える。その表情は自信に満ちており、苦境にあるようには見えない。

「まだ、奥の手があるってことかな」

「あるっす！」

「ははっ、本当裏表ないね」

サリーには奥の手と呼べるような一発逆転を起こすスキルはない。ただ淡々と、勝ちへの道筋を歩き続けるのみである。

読み切って空振らせることでしか避けられない攻撃はいくつもある。ベルベットの言う奥の手がどういったタイプかを見極めなければならない。決して誘い込まれることのないように。サリーは常に死と隣り合わせなのだ。今までの有利もたった一撃当たれば一瞬でひっくり返ってしまう。

電撃のなくなったベルベットだが、あると言い切ってきた以上切り札はあるのだとサリーは判断する。こんな所でちょっとした駆け引きを仕掛けてくるタイプではないからだ。

サリーは慎重に距離を取りつつも、【雷神再臨】が再使用可能になる前に仕掛けようと機を窺う。

「下手に動きはしないか……なら朧、【黒煙】！」

視界を遮るだけのスキルなためすぐに再使用可能になるのを生かして、サリーは再度揺さぶりをかける。

黒煙を突き破って出てきた一人のサリーは真っ直ぐにベルベットへと向かっていく。

三度引っかかった【蜃気楼】は真っ直ぐに向かってくるサリーへの対処を鈍らせる。迷えばそれだけ隙が生まれ、本当に【蜃気楼】を使うことで裏をかける。

そしてその上で、このままただ直進したとしても攻撃をただ躱し切るという力技があるため問題はない。迷いながら繰り出された攻撃を躱せないサリーではないのだ。

前進と後退を天秤にかけつつベルベットにダメージを与えに行く。

「…………」

後数歩の距離まで来ても動きを見せないベルベットを警戒しつつ、それでも進むサリーの前でベルベットは唐突に構えを解いた。

「【雷獣】！」

【極光】とは逆で、ベルベットの体内から電気が漏れ出し、真っ白い柱となって辺りを照らす。

サリーは【蜃気楼】を発動させ、【大海】と【古代ノ海】でAGIを下げて一気に離れる。【空蝉】は最後のひと押しにも使えるダメージ無効化スキルなため、【神隠し】での回避ができない今、貴重なものだ。それをうっかり使ってしまうことなどあってはならない。

　サリーは予想外の出来事を冷静に距離をとって観察する。光の柱が消えた時、そこには体に電気を纏い薄く発光する白い毛並みの巨大なトラがいた。

「むぅー、当たんないっすかー」

「何か狙ってるって分かってたからね……っていうかそういうの、メイプル以外で初めて見た」

「どうっすか？　今度はこっちから行くっすよ！」

　メイプルの【暴虐】と同じくらいのサイズ。圧倒的な存在感と、復活した電撃。いつまた雷の雨が降ってくるか分からない中、しかしサリーは笑っていた。

「うん、試せる。いいスキル持ってるね」

「……？」

「攻めるのは、私だよ」

　本来臆するであろうタイミングでサリーはぐんと加速して、獣化したベルベットに向かっていく。予想外の反応はほんの一瞬、ベルベットの初動を遅らせた。

「【鉄砲水】！」

「うわっ⁉」

　慌てて足を踏み出した所で、軸となる足を水が跳ね上げる。いくら重量があろうと、巨体だろうと関係のない打ち上げ効果によってベルベットのバランスが崩れ、スキルが使えないその一瞬でサリーは体の下に潜り込む。

「朧、【火童子】、【ダブルスラッシュ】！　【水の道】【氷結領域】！」

そのまま硬直時間内に動きが完了するスキルでダメージを与え、HP自体が増えていることを確認して次の動きへ移る。サリーは瞬時にベルベットの周りに水を張り巡らせると今度は冷気を纏いそのまま水を凍らせる。それは枷となって一瞬ベルベットが自由になるまでの時間を稼ぐ。

「くぅ……」

「【氷柱】！　……スキルを使わないのは、きっとその姿に何か制限があるからでしょ」

サリーが生み出した五本の氷の柱は、普段なら何ということもない壁でしかない。だが、巨体となったベルベットは、適切に自分を挟んで囲むように配置された氷の柱の隙間を抜けることが出来ない。

「【氷柱】は壊せないよ。だからその体じゃ脱出できない。そういう風になってる」

「まさかここまで一方的に封じ込められるとは思わなかったっす。完敗っすね」

「そっか。まあ素直に受け取っておくね」

拘束してしまえば範囲外から一方的に魔法を連打するだけでいい。ベルベットの言うように、全て読み切られ封じ込められて、勝負はそのまま終わりを迎えるのだった。

決闘が終わり、感想戦に移ったベルベットとサリーはまだ二人で決闘エリアの中にいた。ベルベットはあれはどうしてああやったか、これは何でこうなったかとサリーに質問を繰り返す。今回の結果とその過程に興味津々といった感じだ。

「んー、でも不思議っす。いくら読みが鋭くてもあんなに避けられるものなんすか？　【雷獣】は初めて見たっすよね？」

「……今日の勝ちにはちょっと秘密があるから」

「え？　なになに、なんなんすか！」

「普通ならここまで一方的になんてならないよ。ベルベットはちゃんと強いし、私はそこまで相性も良くない」

「うーん、それはそうだと思うっす。サリーが一撃を入れるより、私が一撃入れる方が簡単なはずっす」

しかし、結果は逆になっている。であればサリーの言っていることにはまだ大事な続きがあることになる。

「ベルベットはさ、どこか……似てる」

「うん。強力な広範囲攻撃に当たっちゃダメな状態異常、超近距離での強さ、遠距離攻撃手段。で、獣化」

それを持つものが誰かについての答えはサリーが戦闘中に自ら口にしているのだから、ベルベットにも察しがついた。

「ベルベットの危険エリアはメイプルに似てる」

「なるほど……味方として一番見てるから、自然と危機察知ができたってことっすね？」

「もちろんそれもあるかな。でも、ちょっと違う……メイプルには言わないでよ？」

「……？　分かったっす」

ベルベットが答えると、サリーは少し間をおいて話し出した。

「私はいつかメイプルとも戦いたい。メイプルを倒すなら私がいいし、初めて倒されるならメイプルにやられたい。メイプルへの勝ち方も負け筋も、きっと誰より考えてきた」

つまり、誰より近くで見ているというだけでなく、誰より多くメイプルを倒す方法をシミュレートしているから、似た動きのベルベットにそれが応用されたというわけだ。

「んー！　相手が悪かったっすね……相棒でライバルってことっすか」

「ま、一方的だけどね。メイプルはそういうの好きって訳じゃないから本当に戦うかは分からないけど、その時まで私は負けないし、メイプルは守りきる」

「……負けられないと思う分だけ動きが洗練されてるんすね」

「そういうこと。でも、次はこんなに上手くはいかないだろうけど」

「私もまだ奥の手があるっすからね。今回はやり込められちゃったっすけど。それに、ヒナタと二人で戦うのが一番強くなれるっすから」

いつかはベルベットとヒナタ、メイプルとサリーで二対二をすることもあるかもしれない。

「勝つよ。負けられないし」

「こっちこそっす！　今回は色々聞けてよかったっすよ」

「…………ちょっと、話し過ぎたかな」

自分でも自覚していた通り、どこかメイプルに雰囲気が近かったからなのかもしれない。今までこんな風に話すことはなかったのだから。

「それじゃ戻るっす。ヒナタも待ってるっすから」

「そうだね」

ベルベットはフレデリカと同じようにいつか再戦することを約束し、サリーの決闘仲間がまた一人増えることになった。

「いつか……戦えるといいっすね」

「……うん、今回が唯一かもしれないし」

こうして決闘を終えて、妙に仲良くなった様子で出てきた二人に何があったのかと首をかしげるメイプルとヒナタなのだった。


決闘も終わって満足そうな顔をしたベルベットを先頭に四人は山を下りる。

「よかったです……ありがとうございますサリーさん」

「決闘しただけだし、お礼言われるほどじゃないよ」

「今日は会えてよかったっす！　今度戦うまでにはまた強くなっておくっすね！」

二対二はいつかのお楽しみにとっておいて、今日のところは解散することとなった。

「あ、そうっす。ちょっといいっすか」

「ん、私？」

解散する直前にベルベットはサリーを呼ぶと、楽しい決闘のお礼に一つ情報を渡した。

「最近マップの……この辺りで、強いプレイヤーがレベル上げしてるらしいっす」

「へぇ、行ってみようかな。飛び抜けて強いプレイヤーも増えてきたし」

「サリーはああ言ってたっすけど、サリーは私が最初に倒すっす。ライバルっすね！」

同じようなことをずっと言っているプレイヤーをもう一人思い浮かべながら、サリーは情報を受け取る。

「私に倒されるまで負けちゃダメっすよ！」

「言った通り。負けるなら、ベルベットにじゃない」

「その方が燃えてくるっす！」

ともあれ、情報をもらったところでこの日は本当に解散となった。

ベルベットとヒナタの二人と別れたメイプルとサリーは町へと戻ることにする。サリーの馬に一緒に乗って、風を切って町までの道を帰っていく。

「ベルベット強かった？」

「強かったよ。他にも強いプレイヤーがどんどん増えてるみたい。もらった情報も面白そうなプレイヤーがいるって話。行ってみる？」

「うん、せっかく教えてくれたんだし！　二人みたいに仲良くなれるかも！」

「じゃあ今度行ってみよう。週末によく来てるんだって。あ、でもベルベット達みたいにライバルになるかもしれないけどね」

メイプルにもライバルと呼べるような人は増えてきている。これも人とのつながりの一つの形という訳だ。

「また強くならないと！　これでもギルドマスターだもんね！」

「いいね。私も手伝うよ」

「うん！　サリーがいたらすっごい頼もしい！」

「ふふっ、それはどーも」

そうしてあれこれと話をしているうちに、二人は気づけば町まで戻ってきていたのだった。

623名前：名無しの大剣使い
イベントもないし　八層もまだ先だし
のんびりした期間だな

624名前：名無しの槍使い
七層広いしな　まだ隅から隅までは探索できてないし

625名前：名無しの弓使い
他の層も同じだけど　七層は特に広いからなあ

626名前：名無しの魔法使い
でもテイムモンスター手に入れたら目的達成したようなもん

627名前：名無しの槍使い
この期間のうちにモンスターを育てておく必要が出てくるんだろ

628名前：名無しの大剣使い
それはそう　一つ前のイベントで重要性が改めて認知されたしな

629名前：名無しの大盾使い
俺もひたすらレベル上げだわ

630名前：名無しの弓使い
あ　出た

631名前：名無しの魔法使い
どう　最近何かあった？

632名前：名無しの大盾使い
んー最近は特にないな　というかメイプルちゃんは七層にいないことの方が多い

633名前：名無しの大剣使い

おっ何か新しいダンジョンでも見つけたか？

634名前：名無しの大盾使い
いやサリーちゃんと観光だと

635名前：名無しの槍使い
満喫してるなぁ

636名前：名無しの弓使い
らしいっちゃらしい

637名前：名無しの魔法使い
元々躍起になってレベル上げとかダンジョン探しとかするタイプじゃなさそうだったしな
第一回イベントの時からそうだった

638名前：名無しの大盾使い
あの絵描いてたやつとかな

６３９名前：名無しの大剣使い
あれやらないとこれやらないとってなるからたまには俺ものんびりするか
マジでそういう期間なのかもしれんわ

６４０名前：名無しの槍使い
このゲーム観光スポットっぽいところ多いしな

６４１名前：名無しの弓使い
俺ほとんど行ってないな　今思うともったいないのかもしれん

６４２名前：名無しの魔法使い
まあ楽しみ方はそれぞれよ
ちなみにメイプルちゃんはどこへ観光行ったの？

６４３名前：名無しの大盾使い
直近で聞いたのは浮遊城　雲の上のやつ

644名前：名無しの槍使い
あれは観光スポットじゃないだろ　クッソ強いドラゴンの根城だろ

645名前：名無しの弓使い
景色(けしき)は綺麗(きれい)だぞ油断したら死ぬけど

646名前：名無しの大剣使い
メイプルちゃんならどこでも景色見ながら歩けるもんな　それはちょっと羨(うらや)ましい
奇襲されても大丈夫なのが一番のメリットな気がしてきた

647名前：名無しの大盾使い
きっと今日もどこかでのんびり観光してるよ

648名前：名無しの槍使い
そのどこかは一般的なプレイヤーにおける死地でもいいんだよなあ……

６４９名前：名無しの弓使い
時代は観光にも防御力か……

６５０名前：名無しの魔法使い
まあ一般人向け観光スポットなら俺達でも行けるし　俺もたまには行くかあ

七章　防御特化と反転。

ベルベットが教えてくれた場所へは週末にサリーと向かうことにして、メイプルは久々に七層の町でのんびりしていた。

最も新しい層は人も多くなるためガヤガヤと活気付いている。そんな七層で、メイプルはアイス片手に木陰のベンチで休んでいた。

「夜空がテーマの観光スポットは層ごとにあるみたいだし、私も七層の探してみようかな」

よくよく思い返すと、いい観光スポットは大体がサリーの紹介によるものである。メイプル主導の時に偶然行き着くことはあれど、エスコートしたことはほとんどない。

「私もお返ししないと！」

いい景色にはいい景色で。

サリーがせっかく各層にあるらしいと教えてくれたのだから、今回はメイプルが先に見つけてサリーに紹介しようという訳だ。

「よーし、頑張ろう！」

メイプルはアイスを食べ切ると、元気よく立ち上がった。

「まずは情報収集から！」

いつもサリーがしているように、メイプルは情報収集から始めることにする。というのも、まだ七層でそれらしい場所は見つかっていないからである。

「夜しかイベントが起こらない、とかのはず！」

ただ、星と言ってもサリーが紹介してくれたように地上にあるとは限らない。空が見えない場所にある可能性も十分ある。

「サリーは何でどの層にもあるって分かったんだろ」

推測してみるなら、どこかにそういった情報があったということになる。プレイヤー同士の噂か、それとももっと確実なものか。

「よしっ！　図書館から行こう」

サリーが言うなら確固たる証拠があるのだろう。そう考えたメイプルはＮＰＣや、すでに町の中に用意された情報からヒントを見つけ出すことにした。そうと決まれば早速行動だと、メイプルはぱたぱた走って七層の図書館へ向かうのだった。


図書館には大量の本が並んでいるものの、もちろんそれら全てが意味のあるものではない。立ち入り禁止エリアが多く、図書館らしさを確保するために本が背景のように設置されているだけのところもあり、実際読むことができる本はかなり限られている。

とはいえそれでも量は膨大だ。

サリーが読める本を一つ一つ確認しているとは思えないため、ある程度目星をつけて探したか、分かりやすいヒントがあるに違いない。そう思って探すとそれらしいテーマで本が並べられた一角を見つけた。

「星とか、光とかそんな感じの……あ、この辺り良さそう！」

メイプルはそんな中から一冊の本を手に取る。そこには星についての話が書かれていた。

「あ、これかも！　えっと、湖に星の空……進化の闇……うん、七層っぽい！」

進化の闇という文章から見るに、もしかするとシロップ達がさらに強くなるためのクエストにもなっている可能性があると、メイプルは一人頷く。

「よーし！　早速夜に行ってみよう！」

メイプルはサリーと洞窟探険をした時のように、念のために改めて装備を整え、湖に行くため、ライトやロープだけでなく、【水泳】や【潜水】のスキルがなくとも水中で活動できるようにシュノーケルなども準備するのだった。

◆□◆□◆□◆□◆

夜、空には星が瞬き、フィールドのモンスターにも変化が出てきた頃。メイプルはシロップに乗って空を飛んでいた。

「七層ではサリーの馬で移動してばかりだったから久し振りかも」

周りからたまに鳥モンスターが襲ってくるものの、少し放っておくことで、メイプルの【身捧ぐ慈愛】で守られたシロップをどうにもできず諦めていく。

変なルートで侵入するプレイヤーへの対策として置かれたモンスターでも現れなければ、のんびりとした旅路である。

「えーっと……湖だから……」

メイプルが事前に調べたところ、七層で湖と呼べそうな場所は現在三箇所見つかっている。それらのうちのどれが目的の場所かは、これといった情報がなかったため分からない。

そして、分からない分は足で稼ぐしかない。

幸い、メイプルはシロップと夜空をただ飛んでいるだけでも十分楽しかった。直進すれば辿り着けるように向きを調節して飛び始めれば【念力】での操作も最低限で済む。

そうしてできた余裕で、広い甲羅の上に仰向けに寝転がって星を見ながら飛ぶのである。綺麗に見えるように作られた夜空なだけあって、現実よりも細かな星までよく見え、何も道具を使わずとも夜空を楽しむことができる。

「よーし、どんどん回っていこー！」

メイプルは夜空を飛んで、三箇所の湖を回っていく。

結論から言って、そこでは特に何も見つからなかった。

湖はどこも綺麗だったが、これだけ分かりやすく存在する湖で何かが見つかるのであれば、他のプレイヤーにもう見つかっているだろう。

「むぅ……簡単に見つかったりはしないよね。じゃあどこだろ……」

本にちゃんと意味があるならどこか他に湖と呼べそうな場所があるはずである。

「……あっ！」

メイプルは一つの可能性に思い当たると、再度シロップに乗ってマップの端に向けて飛んでいく。

そうしてメイプルがやってきたのは夜の海だった。

レベル上げに適しているわけでもないため、特に人影はなく、静かな波の音だけが砂浜に響いている。メイプルはシロップに乗ったまま水上を進んでいき、ヤシの木が一本生えた小島までやってくるとシロップを指輪に戻す。

「あとはゆっくり待つだけだね」

メイプルはそう言うとインベントリからお菓子を取り出して、ヤシの木を背もたれにしてその時を待つ。

「ふんふふーん……あっ！」

そうしてのんびり待っていると、夜の暗い海よりさらに濃い黒の触手が伸びてきて、メイプルの胴体を引っ掴む。

「よろしくねっ！」

そう、メイプルはこの触手が連れて行ってくれた先……地底湖と言うのかは定かではないが、水の溜まった場所があったことを思い出したのである。バシャンと音を立てて水中に沈むと、暗い海に紛れた黒い靄の中に沈んでいく。

そうしてメイプルが目を開けると湿った岩に囲まれた狭い空間が広がっていた。

「よかったー！　うまく来れた！」

メイプルはグッと伸びをすると、最奥を目指して進んでいく。前回の攻略で進み方は分かっているため、臆せず次の触手に掴まれてどんどんと奥に進んでいく。

障害物も兼ねる触手に叩きつけられたり締め上げられたりもするが、特に気にすることもなく、ノーダメージのまま進む。

ここではスキルを手に入れたものの、普通ならああいった取得の仕方にはならないため、それだと多くの場合においてプレイヤーは無報酬ということになってしまう。突入方法が特殊なこのダンジョンにおいて、他にも何かが隠されているのではないかと思いついたのである。

「どんな景色かなあ」

メイプルは早くも星を楽しみにしつつ、また触手に掴まれる。

ただ、メイプルはまだ思い至っていない。

触手に滅茶苦茶に攻撃されるような場所が観光スポットたり得るのかということに。メイプルだからこそ無視できているだけで、一般的プレイヤーの防御力ではそこはあまりにも危険すぎる場所だということに。

こうして、メイプルは一切傷つくことなくボスまでやってくることができた。

「……？」

前回とは違って、夜のボス部屋は黒い水と靄の量が多くなっているように感じられる。ただ、今のメイプルは戦い方が分かっているため、特に恐れることなく兵器を展開する。

「まずはお腹の中に入らないと！」

体内に入ってしまえばそのまま倒しきることができると知っているメイプルは、このためではないものの用意していたシュノーケルをつけて潜水能力を高めて、自ら黒い水の中に飛び込んでいく。

「せーのっ、よっ！」

バシャンと飛び込んだメイプルを出迎えるように触手が伸びてきて、より深みに連れて行く。メイプルからするとそれは願ったり叶ったりだった。

一度倒したモンスターに負けるわけもなく。蛸の体内は毒と化物と銃弾と植物に埋め尽くされて、滅茶苦茶になって爆散した。メイプルは兵器を爆発させて一旦水上に飛び出すと、そのままひとまず地面に上がる。

「倒したけど……むぅ、何も起こらないかあ」

隠された場所でもあったため、何かあるかもしれないと考えていたメイプルだったが、ボスの撃破がトリガーとなることもなく、それらしいことは起こらなかった。

「水の中もちゃんと探しておこうっと」

この真っ黒な水は見通しも悪く、どこが底なのかも分からない程である。

前回は新しいスキルのタコ足で満足して帰ってしまったため、メイプルは何かあれば見えるかもしれないと念のためライトを付けて水の中へ入り、兵器の爆発で一気に底までたどり着くと、何か目印になりそうなものはないかと見て回る。すると、ちょうど中央部分により深くまで沈んでいけそうな穴を発見した。

メイプルは穴のサイズを見て、兵器を展開することが難しいことを確認すると一旦浮上する。

「あんなのあったんだ……気づかなかった。位置はこの真下だから……」

再び爆発で一気に沈んで時間を稼ぐ。これで一気に探索し、息が続かなそうなら今回は諦める方向に決めた。

「最初にサリーが【水泳】とかのレベル上げるのも大変そうだったし……あんまり深くありませんようにっ！」

メイプルは再度爆発とともに水中に急潜行し、縦穴の中に飛び込んでいく。周りが壁なのもあってか、まるで目を閉じているかのように真っ暗な中、目の前を泡がポコポコと上っていくのだけは感じられる。

それから少しして、メイプルは周りに壁がなくなっていること、いつの間にか息ができるようになっていることに気づく。やがて何もいない真っ暗な空間をゆっくりと沈む感覚も止(や)み、底の底まで辿り着いたらしいことが分かる。

メイプルが遠くなった水面の方を見上げると、ここよりは水が透明に近いせいか、目が慣れたせいか、沈んできた縦穴の向こうが明るく、滲(にじ)んだ月のように見えた。ただ、これはメイプルが星空を探しているからそう見えてくるだけかもしれなかった。

「むぅ、綺麗(きれい)な景色って感じじゃないかあ……残念。他に何かあるかな……」

これで帰ってしまうのももったいないと、いつもより注意深くメイプルは周囲を見渡す。

「あっ⁉　あれって！」

メイプルは暗闇(くらやみ)の中に見慣れたものを発見する。それは前回来た時は見逃してしまっていたのだろう宝箱だった。

「わー！　そっか、分かりやすく目の前に出てきてくれることばかりじゃないんだね！　次からはもっと丁寧に探さないとなあ……」

メイプルは前回のクリアの分も喜びつつ、宝箱をがばっと開ける。そこからはいつもの祝福の光ではなく、この暗闇の中でもわかるような黒い何かが噴き出した。この闇を作っているようなそれはメイプルを包み込んでいき、やがてその体の中に染み込んでいく。

『スキル【反転再誕】を取得しました』

「……?　……?.?」

どうやら進化するのはシロップではなかったらしい。かつて見逃していたそれは、多くのライバルにとってはメイプルが見つけるべきではなかったものなのかもしれなかった。

地下から脱出したメイプルは再び夜の海に戻ってくると想定外に手に入ったスキルを確認する。

【反転再誕】
一分間AGIが半減し、あらゆるバッドステータスを受けなくなる。
次に使う特定のスキル一つを、スキルごとに指定された異なるスキルに変更する。効果時間五分。消費HP500。

「消費HP500ってことは……【暴虐】を使ってる時か、白い方の装備にしてないとダメってことだよね」

メイプルはスキルを発動するために必要な条件を確認すると、それを満たすために装備を変更してＨＰを回復する。

「よーし【反転再誕】！」

その言葉と同時にメイプルの体から黒い靄が放出され、赤いダメージエフェクトが弾ける。メイプルがステータスパネルからスキルを確認すると、ＨＰがきっちり５００減少し、いくつかのスキルが点滅していた。

「【暴虐】と……【天王の玉座】あと【身捧ぐ慈愛】？」

つまりメイプルのスキルの中で【反転再誕】の対象となるのはこの三つだけということになる。

「じゃあとりあえず一番使ってる【身捧ぐ慈愛】から試してみよっと！」

ステータスパネルのスキル欄から変化後のスキル名を確認して、恐る恐る口にする。

「えっと……【届かぬ渇愛】」

メイプルが宣言すると共に足元からは見覚えのある白い輝きではなく、黒い光が円形に広がっていく。そして、メイプルの背中からは黒い翼が生え、頭上には同じく黒く染まった天使の輪が出現した。

「おおー！　すごい！　こっちの方が黒い鎧(よろい)には合うかも！」

メイプルは普通喜ぶべきところと少しずれたところに注目して、装備を黒い鎧に戻して少しはしゃぐも、効果時間が限られていることを思い出し、改めて効果を確認する。

「んーと、使用者が受ける予定のダメージを範囲内の味方プレイヤーと味方モンスターに肩代わりさせる……むぅ、本当に逆って感じだ」

これを使っている間は【身捧ぐ慈愛】とは逆で、メイプルの受けるダメージは範囲内の味方が代わりに受けることになる。【身捧ぐ慈愛】はダメージを受けないメイプルだからこそ超強力なスキルとなっているが、逆に【届かぬ渇愛】はメイプルだからこそ使っても大した意味がないスキルになってしまっている。

本来は防御力が低く攻撃力は高いプレイヤーが、生存のために使うのが有効だろう。範囲内の味方が全て倒れるまで生き残ることが確定するとなれば、攻撃役は最大限ダメージを出せる。

「あっ、でもこれで【捕食者】に守ってもらえるんだ！」

【捕食者】を召喚してから装備を切り替えてと一手間かかるものの、上手く使えば今までの周りを守り続けるのとはまた違う戦い方ができるかもしれない。

「よしっ、使い方も考えてみないと！」

メイプルは素直に新たな収穫を喜んで、次こそは観光スポットを探し当てると意気込むと、念の為にもう見落としがないかを確認して回る。たった今再探索によりスキルを手に入れたため、いつもより念入りに調べる。

「【反転再誕】五分でまた使えるし、他のスキルも試しちゃおう！」

探索しつつ、新しいスキルのいい使い方も試して、海の近くを歩き回るメイプルなのだった。

802名前：名無しの大剣使い
速報　メイプルちゃん堕天する

803名前：名無しの槍使い
？？？？？

804名前：名無しの魔法使い
もうしてただろ

805名前：名無しの弓使い
最近は特に何もないって聞かされたとこだが？

806名前：名無しの大盾使い
マジで知らんぞ

807名前：名無しの大剣使い
でも両脇に見覚えのある口だけの化物二体出す女なんて一人しかいないだろ

808名前：名無しの魔法使い
いなそう

809名前：名無しの弓使い
いないだろうな

810名前：名無しの大剣使い
そのメイプルちゃんの背中から真っ黒い翼が生えてたわけ
ついでに地面も黒く発光してた

811名前：名無しの槍使い
エフェクトの色でも変更したのかな？

812名前：名無しの弓使い

テイムモンスターはそんなことできるって聞いたけどプレイヤーはまだなかったような

８１３名前：名無しの魔法使い
メイプルちゃんはテイムモンスターだった……？

８１４名前：名無しの大剣使い
モンスターだぞ

８１５名前：名無しの大盾使い
まあ部分的にはそうだな

８１６名前：名無しの槍使い
完全否定はできない　そりゃそうよ

８１７名前：名無しの大剣使い
まあ情報はそれだけ　誰かが犠牲になるの待ちだな

８１８名前：名無しの魔法使い
犠牲は確定なのか……

八章　防御特化と弓使い。

掲示板で新たな噂になっているとはつゆ知らず、メイプルとサリーは週末いつものように七層の町に集まっていた。

「……まーた変なスキル見つけてきたね」

「うん、びっくりしちゃった。今までのところにも見落としてることあるかも」

「確かに無いとは言い切れないね。ボスを倒した時に特に何もなかったり、ボス自体が弱かったりしたところは、もう一回行く価値はあるんじゃないかな」

サリーは一例としてベルベット達と行った山を挙げる。メイプル達が強すぎただけとも考えられるが、山一つ使っているダンジョンの規模と配置されたモンスターの強さが釣り合っていないようにも感じられた。

「そういう所にはまだ何かあるのかもしれない。ま、情報がない以上ノーヒントになっちゃうけどね」

「むぅ、探索も奥が深いなぁ。あっ、手に入ったスキルはまたどんなのか見せるね。上手く使うの難しくて、サリーならいい使いかたも思いつくかなって！」

「じゃあ考えてみるよ。あ、そうだ。メイプルまだ前回のイベントで手に入れたメダルでスキル貰ってないでしょ。そこにも何かいいのがあるかも」

「うん！　ライバルもできたし、いいスキルあるといいなぁ」

「私はもう選んだから今度見せてあげる」

「うんっ、楽しみにしてるね！」

決闘ではサリーが勝ったものの、本当の勝負はＰｖＰイベントになる。勝ちたいならヒナタ対策は特に必要になるだろう。

「これから見に行く人もきっと強いから、スキルとか見れるといいね」

「うん、馬用意するよ」

「よーし、サリー行こう！」

メイプルとサリーはそろそろ向かおうと、話を切り上げて、馬に乗って強いプレイヤーがレベル上げをしているという目的の場所へと駆けていく。

「ベルベットが言うには見たら分かるってことらしいから、結構目立つ見た目だと思う」

「ふんふん」

そうしてメイプル達がやってきたのは穏やかな風が吹く、平原だった。ここは鳥や小さな竜など希少価値が高いわけでない飛行型モンスターの住処となっており、見通しのいい平原の空を自由に飛び回っているのが見える。

「【身捧ぐ慈愛】！」

「うん、ありがとう」

このエリアのモンスターは数も多く、動きも速い。サリーならそれら全てを避けることくらい容易いが、今日の目的はプレイヤー探しのため、邪魔が入らない方がいいのは間違いない。

「すごそうな人を探せばいいんだよね？」

「うん。ベルベットも詳しい見た目とかは教えてくれなかったし」

初めて見た時に驚いてほしいということなのだろう、ベルベットが教えてくれたのは場所だけだった。それでは普通、幾人もいるプレイヤーから見つけ出すことは難しい。

それでも見つけられるとするならば、メイプルがベルベットと出会った時と同じように、目を惹く何かを持っているということになるだろう。

「ぱっと見て変だなっていうのは分かるだろうから。今のメイプルみたいにね？」

「うぇっ⁉」

実のところメイプルは今こうして話している間も、飛び交うモンスターから放たれる風魔法や体当たりなど、様々な攻撃を弾き返している。二人にはいつもの見慣れた光景だが、一般的でないのは確かだ。

つまり、こういう存在を探せばいいということなのだろう。

そうして平原を歩き回っていた二人は、ピンとくるプレイヤーを見つけた。

長身細身の男女二人組。男性の方は身の丈近くある巨大な弓を持った吟遊詩人風の服装をしており、女性の方はクラシカルなメイド服を着てモップを持っている。サリーの言うようにパッと見て異質だと感じる二人組を、遠巻きに見ることにした。

攻撃は基本男性の方が行っているようで、メイド服の女性は支援に徹しているようだった。

驚くべきは弓による攻撃の威力と速度である。空を飛ぶドラゴンを狙って弓を引き絞ったかと思えば、次の瞬間には空中のドラゴンから赤いダメージエフェクトが弾け、初撃でＨＰがゼロになる。同じように次々とただ一射でモンスターを的当てでもするように射落としていく。

「すごーい！　弓ってあんな感じなの⁉」

「あー、周りに弓使いいないもんね。あんな感じではないよ、うん」

当然のように動く相手に全てクリーンヒットしているが、まずそれ自体が異常なのだ。サリーが回避力で生き残っていることから分かるように、矢も当然狙いを定める必要がある。しかも矢の場合は照準を合わせるだけでなく、命中するタイミングと敵の位置が合致しなければ外れてしまう。

「威力、命中精度、連射速度。単純にどれも高水準だから強いんだと思う。多分あれスキル使ってないよ」

弓にも現実なら不可能な挙動をするスキルがある。複数の矢を同時に放ったり、放った矢の軌道を捻じ曲げたり、そういったシステムの干渉の存在しないただの通常攻撃だとすれば、隠れている分の力は計り知れない。

「でもまあ、マイとユイのことを考えると流石に威力が高すぎるから、何かしら訳があると思うけどね。たぶんあのメイドの人のバフも相当強い」

極振りにしてＳＴＲにスキル補正もかかっている二人と同じような破壊力は、いくらプレイヤースキルが優れていたとしても何かしらのスキルの影響がないとありえない。

「なるほど……」

二人一組での強さ。ベルベットが興味を持っているのも分かるというものである。その後もただの一度の打ち損じもなく、二人組は次々にモンスターを射落としていく。

「弓もかっこいいなぁ……」

「うん、あれだけ当たったら楽しいだろうし」

メイプルとサリーがそうして遠目に見ていると、二人はまたたく間に周囲の敵を一通り射落とし終え、空に向けて構えていた弓を下ろし、メイプル達に近づいてきた。偶然こちらに歩いてきたというわけではないようで、メイプル達の前で立ち止まると、男性の方が声をかけてくる。

「これはこれは、ずいぶん熱心に見ている方がいると思いましたが」

「そうだね。予想外に有名人だ」

改めて正面から二人を見ると男性の方は物腰柔らかな、女性の方はしっかりと、堂々とした雰囲気を感じる。

「私のこと、知ってるんですか？」

「ええ、まあ」

「それは勿論。その防具を身につけていれば誰だって分かるはずさ」

今日は七層なのもあって、メイプルもサリーもきっちり最強装備に身を包んでいる。二人の言う通り、この装備を身につけていて、現在のＮＷＯでメイプルとサリーだと分からないプレイヤーの方が少ないだろう。

「で、メイプルさんとサリーさんですよね。敵情視察といったところでしょうか？」

「えっと、ベルベットから面白い人がいるって……」

ベルベットの名前を出すと、二人は納得したように頷いた。

「お二人のことだったんですね。先日ベルベットさんがこちらに来たんですよ」

「強いプレイヤーと戦って楽しかったから、二人のところにも行くように言ったとね。そうか、メイプルとサリーのことだったのか」

「すごかったです！」

「そう言われると悪い気はしないですね」

「ウィルにとってはあれくらい容易いさ」

と、ここで名乗っていないことに気づいた二人はそれぞれに名前を伝える。ウィルと呼ばれた男性がウィルバート、メイド服の女性がリリィという名前である。

「私はギルド【ラピッドファイア】のギルドマスター、ま、ウィルに助けてもらっての運営だよ」

「あはは、私もです」

メイプルも作戦立案などはサリーに頼むことがほとんどである。やることといえばそこに最後にアクセントを加えるくらいである。たとえば、前回のイベント中、自爆して目印になる作戦はメイプルの立案だ。

「よければ少し話しますか？　敵情視察というのもあながち間違いでもないでしょう」

「私達も直接会うのは初めてだからね。少人数ギルドながら好成績を残す君達には興味があるのさ」

「そういうことなら……」

「はい！　お話ししましょう！」

こうしてベルベットの紹介により、ギルド【ラピッドファイア】のトップツーと出会った二人は、【thunder storm】の時と同じように交流することになるのだった。

「もう少しすれば今倒し切ったモンスターもまた出現するでしょう。話をするならセーフゾーンへ向かうことが得策ですが……」

「それが噂（うわさ）の防御フィールドというわけだね」

メイプル達が二人を見ている間も、サリーを守るために【身捧（ささ）ぐ慈愛】は展開し続けていた。第四回イベントのように大々的に中継される映像は勿論のこと、戦闘でメイプルが目撃される場合、大抵は天使の翼を生やしているのだから、最前線で戦うプレイヤーでこのスキルの存在を全く知らないような者はほとんどいない。

「えっと、仲間しか守れないんです」

「それはそうだろうね。いや、問題ないよ。ウィルも私もここのモンスターに倒されるほどやわじゃあない」

「どこまで行きますか？　あまりこっちの方には来ていないので、この辺りのセーフゾーンとなると……」

それなら私達で先導しようと、リリィが前を歩いていく。それに反応してモンスターが襲って来ようとするものの、的確にウィルバートが射抜き一体たりとも近づかせない。

「……メイプルが戦うなら、まずは大盾の後ろに隠れないとね」

ウィルバートの狙いは凄まじく正確で、ＡＧＩが最低値のメイプルの動きなら多少ステップを踏むような回避行動をしても無意味だとサリーは予想する。それどころか、顔や足が盾から出ただけでもその部位を射抜かれる可能性すらあるだろう。

「うぅ……ほ、本当にそうなりそう」

「私も弓の基本スキルは知ってるけど、射る矢の本数を変えたりもできるし、山なりに射ったりもできるからね」

「ええ、隠すことでもありませんからね。当然私も弓の基本スキルは取得していますよ」

「……ウィルバートさんの場合はそれ以上の何かがあるでしょうけど」

「どうでしょう。といっても、その様子だと予想はついているみたいですね」

「何もなしであの威力と速射はあり得ませんから」

「いい観察力だと思います」

「はは、ウィルは強いよ。例えばサリー、君の回避能力は噂に聞く。けれど、気付いた時には当たっているような速度で飛んでくる矢を避けることは難しいだろう？」

「……どうでしょう？」

「言うね？　君の力も見てみたくなってきたよ」

　ベルベットが言っていたのはこういうことだったのかと一人面白そうにするリリィに、メイプルは気にした風もなく話しかける。

「リリィさんの装備いいですよね！」

「これかい？　まあ長い間使ってきたからね。そろそろ似合ってきたのかもしれないな」

　そう言ってリリィはモップをくるくると回して遊ぶ。

「元々リリィは気に入っていなかったんですが、まあ性能が性能ですから」

「そう！　ようやく手にしたレア装備でこれが出てきた人の身になってみてほしいよ」

　リリィが纏（まと）う雰囲気は、服装とは真逆の奉仕する側（がわ）というよりは上に立つ側のそれである。そのためギルドマスターになっているのも頷ける。似合わないというのもその堂々とした雰囲気にそぐわないということなのだろう。

「装備としては一級品さ。この服も槍ということになっているモップもね」

「それ槍だったんですか⁉」

「ああ、と言っても見た目通り攻撃力はほとんどないんだけどね」

「……結構教えてくれるんですね」

「大したことじゃあない。それに……」

リリィはそこでサリーの方を振り返って、挑戦的な笑みと、強い自信を感じさせる雰囲気とともに言い切る。

「たとえ全てのスキルを知られても、ウィルと私なら勝てると考えているからね」

「いつも言いますが、過大評価です」

「いやいや強さとはそういうものさ」

「……私は私にできることをするまでです」

「ああ、ウィル。それでいい。と、そういう訳さ」

「ベルベットと気が合いそうですね」

「ベルベットもかなり自信家だから分かるところも多い。それに実際ベルベットとヒナタは強い」

「次にランキング形式のＰｖＰ戦闘があれば勢力図もまた変わるでしょう。と、セーフゾーンはあ

ちらですが……必要なかったかもしれませんね」

話しながらでもモンスターを全て撃墜していくウィルバートと、話しながら歩いていても問題ないメイプルが相方を守っているのだから、どこもかしこもセーフゾーンのようなものである。

「まあそう言うな、ウィル。腰を落ち着けて話す方が会話も弾むさ」

「それもそうですね」

こうして四人はモンスターが介入してこないセーフゾーンに到着する。

平原の外れにある大木、それを中心とした一定範囲にはモンスターが寄ってこないため、のんびりと話をしていても問題ない。

「イベントで活躍しているところを見たことがあるだけだったからね。いつか話してみたいとは思っていたんだ。ベルベットにはあとで礼を言っておかないと」

と、そう言われてもメイプルとサリーは、ベルベットの言う面白いプレイヤーがどんな人かを遠目から確認するために来ただけだ。戦い方どころか人物像すら先程初めて知ったばかりで、ここまでしっかり話すことになるとは思っていなかったため、特に聞きたい質問など用意してきてはいない。

「ふぅん。ならこちらから一つ聞いてもいいかな」

「はいっ！」

「君達の切り札になるようなスキルを教えてくれないかい？」

そのあまりにも直球な質問にメイプルとサリーは揃って目を丸くする。その表情を見て、リリィはおかしそうにくつくつと笑うと改めて話し出した。

「半分冗談だよ。それじゃ君達にメリットがないからね。だからさ、ベルベット達とそうしたみたいに私達ともダンジョンに行くのはどうだろう？」

メイプルとサリーにとってはメリットもある話である。ベルベットとヒナタの強さを思い返すに、【集う聖剣】や【炎帝ノ国】以外にも警戒すべきギルドは増えてきている。今まで強かったギルドは、すなわちユニークシリーズや強力なスキルのシナジーをいち早く手中に収めたギルドである。時間が経つにつれそれらは増え、二強大規模ギルドという形も変わってきつつあった。

「君達も知りたいはずだ。それに私達も君達の変化を見ておきたくてね」

そう言うリリィの表情から、サリーは意図を読み取った。つまり、【楓の木】のトップツーと言えるメイプルとサリーは変わらず警戒すべきなのか、最早それほどではなくなったのか、それを見極めようとしているのだろう。

サリーは一人、リリィはベルベットより正確にこちらが隠しているスキルなどを行動から読み取ってくるだろうと察する。下手な隠し方は効果がないだろう。

「サリー、どうしよう？」

「いいんじゃないかな。実際ウィルバートさんの弓を見られるなら、今後の対策に役立つだろうし」

サリーは自分のものはもちろん、メイプルのスキル構成もきっちり把握している。その上でリリィ達が知っていそうなスキルは使ってしまってもそこまで情報に影響はないと考えた。目の前で戦闘することで戦い方の癖を見られてしまう可能性はあるが、切り札となるようなスキルさえ隠しておけば戦況はひっくり返せる。

あとは、リリィも言っていたように、見せた上で勝ちきれると確信できる、例えば対策の立てようのないスキルなら見せても何ら変わらない。

「ま、メイプルはいつも通り戦って大丈夫」

「分かった！　頑張るね！」

メイプルの戦闘を支えている重要なスキルは第四回イベントから大きく変わっていない。いくつか新たに手に入れたスキルによってできることは増えたが、基本は【身捧ぐ慈愛】で守って召喚系スキルと遠距離攻撃系スキルで戦うスタイルだ。

今までのイベントで大注目を浴びてはいるが、いつも通り戦っていればその時のままのスキルを目の前で見られるというだけである。

「ではどこへ行きましょうか。ここから近いとなると……」

「あそこにしよう、ウィル。モンスターの量も多いし、絡め手も使うだろう？　ベルベットが案内した闘技場よりは難しいが、似たダンジョンになる。さ、私達にも手の内を見せて欲しいね」

リリィが提案した場所にメイプルとサリーも同意し、四人は近場のダンジョンに向かうこととなったのだった。

道中は何も問題なく進み、無事ダンジョンへ入るための魔法陣の前へとやってくる。

そこは緑に包まれた森の中でもさらに緑の濃い場所で、魔法陣を中心に蔦が木々を覆い尽くしており、まるでエネルギーを吸い取っているかのような感じである。

攻略にあたって四人はパーティーを組んだため、あとはここに乗れば四人全員でダンジョンの中に突入することができる。

「見た目は危険そうだけど、問題ない。乗るといい」

「うん、サリー行くよ！」

「はいはい」

メイプルが足を乗せると四人を光が包み込み、ダンジョンの中へと導く。そこは壁や地面が全て木でできた場所だった。

「ここのモンスターは火属性に弱いですが、しかし火を使うとダンジョンの特性によりデバフを受けることになってしまいます」

デバフの内容はステータス低下、与ダメージ低下、被ダメージ増加と、よく見るものが一気にかかる仕様になっている。幸い二人とも、無理に炎を使わずとも戦闘ができるため、このダンジョンでもやりようはある。

「注意するのは朧のスキルくらいかな。メイプルも大丈夫そうだね」

「うん、炎は特に使わないよ！」

「なら都合がいい。とりあえずまずはお手並み拝見といきたいね」

「任せてください！」

こうして一区切りと言えるような状況になるまで、メイプルとサリーの二人で戦うことになった。リリィ達は【身捧ぐ慈愛】に守られつつ、まずはメイプル達の戦闘を観察する。

しばらく進むと地面にここに来たのと同じような魔法陣が展開され、そこから全身が木でできた人型モンスターが三体現れる。三体それぞれに特徴があり、一体は両腕が大きくなっており残り二体はそれぞれ木でできた弓と剣を持っていた。

「メイプル、シンプルにいこう！」

「【全武装展開】【攻撃開始】！」

目の前には三体の敵、そしてここは通路の途中。となればやるべきことはただ一つである。メイプルは兵器を生み出すと、その全てをモンスターに向け一斉射撃を開始する。

いかにもな雑魚モンスターはしばらく銃弾の雨を浴びて、そのまま爆散した。

「ナイス、メイプル！」

「まっかせてよ！」

その後もメイプルとサリーの快進撃は止まらず、モンスター達は、通路いっぱいに広がった兵器によって作られた弾幕を越えることはできずにいた。リリィとウィルバートは後ろからその様子をじっと見て、噂通りの能力かを確かめる。

「どう思う、ウィル？」

「確かに強力ですが、一発ごとの威力はそう高くないように見えますね」

「事実そうさ。ウィル、君ならその弱点を突ける」

「ええ……ただ、戦闘場所を吟味する必要はあるでしょう」

改めて実物を見てみるのは大事なことで、見た目の派手さと強さは必ずしも釣り合うものではないからだ。ウィルバートの弓はメイプルの銃にも負けない速度と、それ以上の威力を持つ。無策で正面から撃ち合うようなことがなければ一撃の重さは生きてくるだろう。

「とはいえ、改めて見てもこれをどうにかするのは骨が折れるね。初めて見た人はさぞ驚いたことだろう」

そう言っている間にも、メイプルは雑魚モンスターをなぎ倒して一歩一歩進んでいく。モンスター側としても兵器を展開し通路を塞（ふさ）ぎつつ、先制射撃をしてくるメイプルをスルーすることはできないため順に無残に散って犠牲となっていくしかないのだった。

そうこうして進んでいくと、今までの狭い木の通路を抜け、大きく開けた部屋のようになっている場所に出る。

壁の雰囲気は同じだが、床にはシロップの花園のスキルのように、様々な色の薔薇が咲き、いばらが張り巡らされている。

今までよりも明らかに広く、様子の異なるその空間にメイプルも流石に何が起こるか察する。

「強いモンスターが出てきそう、かも」

「正解！　来たよ！」

地面のいばらがみるみる太くなり、部屋の中央で絡まり合うと、一際大きな赤い薔薇を咲かせる。

それは意思を持っているかのように両脇に伸ばしたいばらを操り、鞭のようにしならせている。

「一区切りだね。ここを過ぎたら代わろうか。二人でも勝てるだろう？」

「が、頑張りますっ！」

「メイプル、防御は任せるよ。ダンジョンの仕掛けさえ知ってれば、大丈夫なはず」

見た目から火属性の攻撃を撃ちたくなるように誘っているが、二人はこのダンジョンでそれはしてはいけないことだと知っているため、罠にはまることはない。サリーが駆け出したのをきっかけとして、戦闘が始まる。

「【滲み出る混沌】【攻撃開始】！」

中央に咲く巨大な薔薇にメイプルが放った化物が直撃し、それに続いて追撃の弾丸が放たれる。

同時に、サリーのためにジリジリと前進して【身捧ぐ慈愛】の範囲内に巨大な薔薇が入るようにする。これで直接攻撃を行うサリーの安全を確保すると、あとは後方からの射撃に徹することにする。

サリーはサリーでメイプルにより守られつつも、貫通攻撃などを受けることによってメイプルにダメージが入ることがないよう、油断なく薔薇に向かっていく。

「ふぅっ……！」

サリーの前から迫ってくるいばらの鞭は計四本。左右から二本ずつ角度をつけて向かってくるそれをサリーはギリギリまで引きつけてすり抜ける。一本、二本。メイプルの【身捧ぐ慈愛】ありきの挑戦でないことは、見ているリリィ達にも伝わってくる。

「へぇ」

「なるほど……」

ベルベット達がそうだったように、直接目の前で見るのでは全く違って見えるものだ。

「どうだいウィル。当てられるかい？」

「ただ速いだけの矢では捉えられないでしょうね。それに……」

後方で地面から生えてきた複数のいばらに締め上げられながらけろっとしているメイプルを見て、ウィルバートは苦笑する。

「あちらも、ただ高威力の矢では無意味でしょう」

「噂通りというわけだ」

再度サリーに目を向けると、四本から二本増え六本になった鞭のようないばらを完璧に避けて斬り返しているところだった。メイプルを今も襲っている地面から突き出すいばらも、サリーを捉えることはない。その光景は生半可な範囲攻撃では捉えきれないと確信させるものだった。

ただ、サリーはスキルを使って攻撃していないため、ＨＰはじりじりとしか削れない。

普通のプレイヤーならギリギリの回避を続けていては、焦って一気に決めにいきたくなるものだが、綱渡りのような回避を当然のごとく続けるのは、それが彼女にとって最早普通の戦い方であることを示しているのだろう。

「メイプル！　一気に行くよ！」

「うん！」

メイプルは兵器を爆発させて周りのいばらを吹き飛ばすと、そのまま薔薇に向かって突撃する。

黒い盾を構えつつ、こちらは両脇に化物を従えて薔薇の花に一直線に落下する。

「【捕食者】！」

「とうっ！」

全てを飲み込む盾は薔薇の花をもぎ取るようにして引きちぎると、その花にも負けない赤いダメージエフェクトを散らせる。【捕食者】にはいばらと潰し合いをさせて、支えがないメイプルはそのまま後ろの地面に激突して転がっていく。

「ま、貫通攻撃じゃなさそうだったけど。念のため、ね！　【クインタプルスラッシュ】！」

片手ごとに五連撃、さらに【追刃】で追加五連撃。誰でも覚えられる短剣のスキルもバフをかけつつ二十連撃まで引き上げれば立派な切り札になる。メイプルによって大ダメージを受け怯んでいる隙にサリーが追撃を仕掛ける。今まで通りの黄金パターンで花を支えていた茎部分を細切れにすると、パリンと音を立てて薔薇のモンスターは光となって消えていった。

「お疲れ様、メイプル。大丈夫？」

「うん！　棘だらけだったけど、貫通攻撃じゃなくてよかったあ」

「みたいだね。それならもっとアグレッシブに行っててもよかったかも」

地面に転がっているメイプルに手を貸しつつ、鎧についた埃を払っていると、見ていた二人が近づいてきた。

「いいね。実際目にしてみると信じ難い戦い方だったよ。君達の強さはやはりその基礎性能にあるのだと実感したよ」

メイプルの射撃はその常軌を逸した防御力によって完全固定砲台となることができるため、精度を高めやすい。動き回って相手の攻撃を避けてから狙いを定める、というプロセスが必要ないのは強みと言える。サリーもまたその回避力があってこそのカウンター攻撃が全ての軸になっている。

リリィの言う通り、スキルや立ち回りは二人の基礎性能に強く影響を受けていると言える。

「今度は私達の戦い方を見せようか。そうだな……君達が見せてくれたのと同程度の情報量でね」

「全て見たければ手の内を明かせ、ということですね」

「まあ、そんなところさ。私はいつでも歓迎するよ」

リリィはここに来る前に言っていた通り、見られても問題ないと思っている。全てのスキルを知られても勝てるというのが嘘ではないと仮定するならば、二人の強さはそもそも対策のしようがない類のもので、メイプル達がスキルを見せれば見せるほど不利になるばかりなのかもしれない。

サリーは考えた上で、ここは見られるだけ見ておきたいと結論づける。リリィが洞察力に長けているのと同じように、サリーもまたそうである。スキルを隠されていれば雰囲気から読み取れる。

弱点が明確なメイプルと自分のことを考えると、明確にどんなスキルかは分からなくとも、恐らくこういうスキルを持っているだろうという予想だけでもしておきたいのだ。

「とりあえず、約束通り次は私達が前を行こう。よく見ておきなよ」

「はいっ！」

「……ふふっ。ああいや、なんでもない」

駆け引きというよりは純粋にどんな戦い方をするのか興味があるという様子のメイプルに、少し毒気を抜かれたようなリリィはウィルバートを連れて少し前を行きつつ、小声で話す。

「爆発力もある。いいコンビだよ」

「そうですね。それに、メイプルさんの【身捧ぐ慈愛】は強力です。過去の映像からしてもパーティー全員を守ることができるようですし、範囲も広い」

「ああ、ギルド総出で来る時が最大出力だろうね。その時は私が相手をするとして……サリーの方に少し気になることがある」

「回避能力でしょうか？」

「そうだね。たとえばだ、今ウィルが私に矢を射るとどうなる？」

質問の意図がわからないという様子ではあるものの、ウィルバートは弾かれて無効化されると答える。味方への直接攻撃は着弾と同時に無効化されてしまう、だからウィルバートのように遠距離から攻撃する際は立ち位置も重要になってくる。

「そうだ。さっき見ていて思ったのさ、メイプルの銃撃の狙いは上手（うま）いとは言えない。その上モンスターの前には壁になってしまうサリーがいる。なのにどうして順調にダメージが出るのか」

「モンスターに当たる軌道の弾を………いや、そんなことができるんでしょうか？」

「さあ？　私には後ろに目がついていても無理だよ。ともかく、アレは後ろから飛ぶ味方の弾も避けてる。それもあの滅茶苦茶な弾幕をだ。もちろん調子にもよるだろうけど……分かるだろう？」

リリィがそう言うとウィルバートは小さく頷（うなず）く。

「はい、あのスキルは使わないでおきましょう」

「うん、その上でメイプルがいるからね、難しいよ。傍にいるとこれほどまでに見えるとはね……まあ狙い撃ちと速射は私達の得意分野さ。当ててみせようじゃないか」

「はい……そうですね」

ベルベットの紹介に感謝だと口にしつつ、リリィは戦闘のことなど二の次で二人を倒す手順を考え始めるのだった。

薔薇のモンスターを倒したメイプルとサリーは、約束通り次は後ろを歩いてリリィ達の戦いを見ることになった。と言っても、雑魚モンスターの木の人形はウィルバートがその大弓で一度矢を放つ度に砕け散って消えていく。

「この戦闘にならない感じは、マイとユイ以外にはいないと思ったけど……」

「本当に全部一発だよ！　外してるところも見たことないし……」

「移動速度がメイプルより普通に速かったし、そもそも弓はＤＥＸが高くないと取得できないスキルも多いから、攻撃極振りってことはないと思う」

遠目に見ていた時と違い分かることは、リリィの方も何かスキルを発動させている様子がないということである。目の前から来る新たなモンスターは、これもまた一切スキルを使わずにウィルバートが射落としており新たな情報は何もない。

「んー、となるとパッシブスキルか……」

リリィは自分のメイド服をレア装備だと明言している。もちろん真偽は定かではないが、少なくとも槍使いとして一般的な武器と防具を身につけるより、あの装備を優先する理由があるわけだ。

「ま、さっきの薔薇みたいなちょっと強いモンスターに期待しよう」

雑魚モンスターは文字通り雑魚扱いなため、【ラピッドファイア】の二人の強さの秘密を探るには戦闘になるような相手が必要だ。そうして、リリィがくるくるとモップを回して遊んでいる中、ウィルバートがきっちりモンスターを倒し切って、再び広間にやってきた。

「ウィル、ここは何だったかな」

「キノコですね。少々厄介です」

「なら私も少し手を貸そうか。約束通りさ。それに退屈になってきていたところだったんだ」

「ええ、助かります」

そんなやりとりをする二人の前で地面から胞子が吹き出し、中央に大きなキノコが生える。それに遅れて周りにもキノコがいくつも生えてくると、それらは意思を持って二人に向かってくる。

「【王佐の才】【戦術指南】【理外の力】。んー……あ、【賢王の指揮】！　よし、これでよかったはずだ」

「【引き絞り】【渾身の一射】」

ウィルバートの弓が赤い光を纏う中、限界まで引き絞られた弓から目にも留まらぬ速度で放たれた矢は、直線状にいたキノコ全てを貫き、さらにその延長線上にいた大元の大きなキノコの中心に風穴を開ける。しかし撃破とはいかなかったようで、大量のダメージエフェクトを散らしながらもほんの僅かにＨＰを残していた。直後ＨＰが三割ほど回復し、辺りに大量の胞子が撒き散らされ、数十では利かないほどのキノコが生み出される。

「あれ？　前はこれで倒せていたと記憶しているが」

「三割なら何とかなりますよ」

「ならもう少し手助けをしようか。【この身を糧に】【アドバイス】」

キノコ達が毒々しい色の胞子を撒き散らしながら近寄ってくる中、リリィはスキルを発動するが、特に目に見える影響は発生しない。

「ええ、では行きます。【範囲拡大】【矢の雨】」

次いでウィルバートが空に向かって矢を放つと、それは文字通り辺り一帯に矢の雨となって降り注ぐ。【範囲拡大】によって隙間のなくなった矢の雨が次々にキノコ達を貫いていく。それは大元のキノコも同じことで、特に何かをする前にウィルバートによって容易く撃破されてしまうのだった。

「いいね。気持ちいい倒し方だ」

「でしたら、一射目にもう少し……」

「あはは……それを言うなよ」

リリィは笑ってごまかすとメイプル達の方を振り返って感想を求める。

「すごかったです！　弓ってこんなに強いんですね……」

「ウィルは特別さ」

「……一射目。恐らく対象ごとで一射目の威力が跳ね上がるパッシブスキル」

「へぇ……」

今回初めて見ることができたウィルバートの同一対象への二射目。サリーの知らないスキルによるバフは大量にかかっていたものの【矢の雨】については知っていた。基本的な弓のスキルで、範囲攻撃ゆえに威力はそう高くない。

しかし、ウィルバートの二回の攻撃を比べると、今までと比べて威力が激減していることが見て取れた。バフ自体はリリィによって追加された中【矢の雨】の元の威力から予想すると、何らかの大きなバフがすっぽり抜け落ちた跡があったのである。

「ほぼ当たりだよ！　やるねぇ」

「嘘……じゃなさそうですね」

「言った通りさ。分かったとしても問題ない」

「そう、ですか」

「ああ。そうだ、的中の景品に、ボス戦も私達がやるよ」

「えっ、いいんですか?」

ボス戦が見られるなら、また新たなスキルを知ることができるかもしれない。断る理由はなかった。

「ああ、そうだ。代わりに道中はお願いしてもいいかい？　ここからは道が分かれ始めるけど、上手くルートを選べば今みたいな広間を避けられるし」

「はい……それはまあ」

サリーはその提案を不思議そうに聞いていたものの、結局、メイプル達はリリィの提案を受け入れることにして、また二人の前を歩く。そして、少し離れた位置でウィルバートはリリィと話し始めた。

「いいんですかリリィ」

「言ったろう？　退屈してきたところだったんだ」

「ああ……分かりました」

「それに、並大抵のモンスター相手じゃあこれ以上情報は引き出せないさ。メイプルもむやみに新たなスキルは使わないだろうし、サリーは尚更だ」

ボス戦までは特にすることもないだろうと、リリィは時折正解のルートを二人に伝えるだけであとはモップを手で弄んでいるのだった。


そうして四人は問題なくボス部屋前までたどり着いた。

ウィルバートのように一撃必殺とまではいかなくとも、メイプルとサリーも安定して雑魚モンスターを処理できる。道中、メイプルがいる限り貫通攻撃を持たないモンスターには万に一つもチャンスがないのはいつものことである。

「約束通り、ボスは私とウィルでやるよ」

「はいっ！　頑張ってください！　何かあればいつでも……」

「はは、大丈夫さ。それよりも、よく見ておくことをオススメするね」

「……？」

真意は分からないものの、メイプルはひとつ大きく頷いて、二人に続いてボス部屋の中へ入る。

ボス部屋の最奥には青々とした葉をつける枝に覆われた祠があり、その前には、子ども程度の背丈の、木の葉でできた服を着て、先端に花が咲いている木の杖を持った人形がいた。道中の人形や植物達の親玉であり、それは精霊や木霊といったイメージから作られていると分かる。

「あ！　前にああいうモンスターと戦ったことあるよ！」

「……ジャングルにいたって言ってたやつかな？　ちょっと見た目は違うっぽいけど」

似たような攻撃をしてくるなら、強制的な装備の変更など絡め手主体となるはずだ。

だが見た目は似ていても中身は違うということがすぐに証明される。まず手始めと言わんばかりにボスは両脇からメイプル達が倒した薔薇を呼び出すと、さらに魔法陣を地面にいくつも展開し、そこから木の人形を次々に呼び出す。

「うん、いつ見てもいい相手だと思うね」

「ほらリリィ、来ますよ」

モンスター達が向かってくるのを見て、しかしウィルバートは弓を下ろすと、リリィとともにとあるスキル名を口にする。

「「【クイックチェンジ】」」

それと同時に二人の装備がガラリと変わる。ウィルバートはリリィと入れ替わるようにして執事服を身に纏っており、リリィはというとメイド服のかわりに煌びやかな装飾がなされた鎧を纏い、モップのかわりに紋章の入った旗を持っていた。

「【我楽多の椅子】」

リリィがそう宣言すると、背後に壊れた機械の寄せ集めでできた高い背もたれを持つ椅子が出現する。メイプルの【天王の玉座】にも似たそれはわずかに宙に浮いており、リリィはそこに飛び乗ると召喚を続けるボスを見つめる。

「【命なき軍団】【玩具の兵隊】【砂の群れ】【賢王の指揮】」

リリィの声とともに、ボス側にも負けないほどの量の機械兵が現れる。メイプルもサリーもそれがどの層由来のものかはすぐに理解できた。それらはそう、メイプルが持つ兵器より劣るものの砲や銃を携えており、質を数でカバーすることができると思わせるものだった。

そして、そんなリリィに対しウィルバートは聞き覚えのあるスキルで支援を行う。

「【王佐の才】【戦術指南】【理外の力】」

「わわっ⁉」

「役割の入れ替え……それも高水準の」

どうやっているかは置いておいて、サリーは目の前の現状を整理する。ウィルバートは弓を持っておらず、かわりに投げナイフを使っているが、先程までの威力はない。逆に一気に脅威となったのがリリィである。リリィは次から次へと機械兵を呼び出しては射撃によって攻撃させる。何種類かの召喚スキルを併用し、それら全(すべ)てにバフをかけているようで、凄(すさ)まじい制圧能力になっている。召喚された兵士を倒すことはそれほど難しくないようだが、補充される速度が速く、ボスの召喚したモンスターは押し込まれていく。

圧倒的質のウィルバートと圧倒的量のリリィ、二人はこれを切り替えつつ、もう片方がバフに徹する戦闘スタイルをとっているのである。

「ふぅ……対策しないといけないことが山積みだね」

「うん、私も頑張るよ！」

「ありがとう」

「これでもギルドマスターだからね！」

「ふふっ、そうだね」

目の前で起こる軍団対軍団の戦いを眺めつつ、二人はまた新たな強敵の登場を実感するのだった。

九章　防御特化と情報収集。

リリィ達とダンジョン攻略をしてから数日。メイプルは一人四層の常夜の町を歩いていた。リリィ達とはフレンド登録はしたものの、あれ以降はまだ会っていない。二人がボスを倒した後はそのまま現地解散となったため、倒した後に話す時間は少なかった。

「次のイベントかあ……」

リリィ達は結局、その召喚スキルによってボスを叩きのめしていった。

そして見たからには対策を立てないわけにもいかないと、サリーは手に入った情報と、現状できることから対策を考えているのだった。それもこれもまだ発表されていない次のイベントのためである。いつか役に立つことは間違いないため、サリーは早め早めに対策を練っているのだ。

「皆、すごかったなあ……んー、私が二人で戦うならサリーとだよね」

ここ最近知り合ったベルベット達もリリィ達も、二人組での戦闘で相乗効果を発揮してより強くなっていた。メイプルとサリーも個々では負けず劣らず強いものの、相乗効果がなければ勝ち切るのは難しいかもしれない。

「メダルにも何かいいスキルがないか見ておかないと！」

メイプルは元々どうしても勝ちたいだとか、そういったスタンスではない。しかし、やるなら全力でやるし、すすんで負けたりもしないのである。

とはいえ、他のプレイヤーに勝つための対策に時間全てを使うなどということはなく、今日は四層に新たにできたらしい、いわゆる猫カフェに行くつもりなのだった。

「よさそうなら今度サリーとも来ようっと！」

そうしてメイプルが店の扉を開けると、奥には数匹の猫と戯れる青い服で青髪の少女がいた。

「「あっ……」」

メイプルと青髪の少女、つまり変装したミィは目が合うと互いにそう溢すのだった。

メイプルは入店すると、ミィの周りに他のプレイヤーがいないことを確認して声をかける。

「ミィも来てたんだね」

「うん。新しくできたって言うから。タイミング被るとは思わなかった」

偶然とはいえ会うことができた二人は猫と戯れながらも最近の話をする。

「【ラピッドファイア】と【thunder storm】かあ……私達のギルドでも要警戒って言われてるよ」

「それでね、そのギルドのトップツーの人達と会えたんだけど、すごく強かったよ！」

「ギルドマスターが数で囲んでも押し返せる力があるタイプだからなー、今後のイベント戦では上位に食い込んでくるんじゃないかな」

ここしばらくはＰｖＰ主体、かつランキングが出るイベントがなかったため、開催されるとなれば全力で力を示しにくることだろう。

「うん。ほんとに強かったし、上位に入ると私も思う」

「……メイプルはそういうの執着なさそうだよね」

「えっ？　うーん……楽しかったらいいかも」

「ふふふ、もー、それなら第四回イベントで襲ってこなくても良かったのに」

「あ、あの時は皆で十位以内に入ろうとしてたから！」

さっき言ったばかりのことと矛盾する内容に、メイプルは首を傾げるものの、すぐに何故そう答えたか分かった。周りの人が楽しそうにしているのが楽しいので、あの時の自分は上位を目指す皆のために頑張ったのだろう。

「皆と一緒に戦うのも楽しかったし！」

「いいねー。イベントはイベントらしく全力で、か。まあお祭りみたいなものだもんね」

とはいえ、ミィは【炎帝ノ国】のギルドマスターとしてはメイプルにも負けられないのだ。ギルドの面々もリベンジの機会を待っているという。

「次はあの時みたいにはいかないからね！　逆にこっちが倒しちゃうから」

「お、お手柔らかに……」

「そうもいかないからねっ」

「むぅ、じゃあこっちも新しく手に入ったスキルで応戦だよ！」

「えっ⁉　ま、また何か見つけたの？」

「サリーとの約束があるから見せられないけど……うん！　変なの見つけた！」

「はは……お、お手柔らかに」

「ふふふ、そうもいかないかもっ」

「あはは……私も負けてられないなぁ」

「ミィともライバルだもんね。リリィ達とベルベット達も増えちゃった」

「共闘だったら呼んでくれていいよ。メイプルといれば私も勝ちやすくなるし？」

「うん！　また一緒に戦えるといいな！」

こうして二人は猫を撫でつつ、会話を続ける。

「あ、そうだ。ベルベットもミィみたいに演技してたよ」

「え？　そうなの？　戦い方とかは聞いてるけど、直接会って話したことはないんだよね」

「ミィとはちょっと違う理由だったけど……」

「だ、だよね……私みたいなのいないよね……」

行くところまで行って引き返せなくなったミィとは違い、ベルベットのそれは演技だと分かっても問題ない類のものだ。

「最初会った時すごいおしとやかって感じだったんだけど……全力で戦ったら雰囲気全然違ってび

っくりしたんだー」

メイプルがベルベットと初めて共闘した時のことや演技をする理由を話すと、ミィはうんうんと頷く。

「なるほどねー、でも分かる気もする。ほら、装備に引っ張られることってあるから。私も手に入ったのがあの装備とかスキルじゃなかったら変わってたかも。気に入ってるんだけどね……」

【炎帝】のスキルとそれに合う装備がミィのその後を決定付けたと言える。画面内のキャラクターを動かすのではなく、自分が戦うとなれば装備やスキルは大きな影響を与えるだろう。

「メイプルも演技までしなくても、この装備の方がいいかなーとか思うことあるんじゃない？」

「確かにあるかも！」

メイプルもスキルに合った見た目の装備にしたり、行く先の雰囲気に合った服を着たりすることは何度かあった。演技もそれの延長線上なのかもしれない。

「仮想空間だし、そういうのもありだよね。やりすぎると……後悔するけど……うぅ」

ミィの場合打ち明けられる日は恐らく来ないだろう。だからこそ、ベルベットのことを少し羨ましそうにする。

「今度ベルベットとも会ってみる？　紹介できるよ！」

「うん、そうしたいな。メイプルから話を聞いてる限り、賑やかで楽しい人みたいだし」

「じゃあまた聞いてみるね！」

メイプルが近況を話すと次はミィからという風に話の種はなかなか尽きないのだった。

一方その頃ギルドホームで、サリーはここ最近出会った二つのギルドのことを考えていた。

「んー……」

どうすれば勝てるか。手にした情報から考えるものの、導き出される結論は「分が悪い」ということばかりだ。

「少なくとも私一人じゃ厳しいか……メイプルが隣にいれば……」

それでもまだ不確定要素が多いため、有利をひっくり返される可能性はいくらでもある。ベルベットは切り札があると自分から宣言しているし、リリィ達もまだまだ底が知れない。どうしたものかとサリーが考えていると、ギルドホームの扉が開いて見知った顔が入ってきた。

「えーと、あ、サリーいたいたー」

「……もう自分のギルドみたいに入ってくるね。今日は何、フレデリカ？」

「こっちはいつもの用件だけどー、どうかしたー？」

今日も今日とて決闘だと杖をくるくる回すフレデリカを見て、サリーはとあることを思い出した。

「んー、そうだ。フレデリカって一応、情報担当だったよね？」

「一応じゃないけどー？」

「……いや、でも偽情報掴まされてそうだなあ」

「あ、あんなことできるのサリーくらいだったからー」

「ま、いいや。【ラピッドファイア】と【thunder storm】って知ってる？　ちょっと訳あって共闘したんだけどさ」

「んー、決闘に勝ったら教えてあげるー」

「連敗してる側が言うことじゃないような……いいよ。やろうか」

「はいはーい。今日こそ勝つよー」

そう言って二人は決闘のために移動する。

そしてそれから数分後。

むすっとした表情のフレデリカを先頭にして二人は戻ってきた。フレデリカはそのままうつ伏せになってソファーに転がるとぱたぱたと足を動かす。

「今日は心ここに在らずって感じだったし、いけると思ったのになー」

「流石に戦闘入ったら切り替えるよ」

「むー、マシーンめー」

「はいはい、じゃ約束通り」

「いーよ。これで潰しあってよねー？」

そう言うとフレデリカはメモを確認しつつ、サリーに知っている情報を教えてくれる。

「って言っても、確定じゃないのもあるからねー。まず【thunder storm】から。ヒナタのデバフ、って言ってもほとんど移動阻害と攻撃阻害なんだけどー、これには限りがあるから連戦ができるなら有利かなー」

そもそも連戦に持ち込むにはデバフを解除するか、すかす必要があるため、言葉以上に難しいと言える。あくまでも、できるならということだ。

「言い切れるんだ」

「まーねー。逆にベルベットはいつまで経っても雷落としてるしー、どんどん威力も上がるから長期戦にも強いよ。基本五層にいるけど、ちょっと前に六層に入り浸ってたらしいからー、何かあったのかもねー。ベルベットは雷の雨があるからサリーは注意しておいたら？」

「大丈夫。あれは避けた」

「……雨を避けるのは滅茶苦茶すぎない？」

「私の回避も上達してるんだよ」

「それは私が一番実感してるけどさー……いいや、次ね」

フレデリカはメモのページを切り替えると【ラピッドファイア】について話し始める。

「サリーも見たような所は省くとして、ウィルバートは必中の矢を放つって言われてるかなー。確証は無いけど、外さないから。リリィはメイド服の時より王様してる時の方が厄介だねー。一度に呼び出せる数に限りはあるみたいだけど、決まってるのは上限だけみたい」

　壊されてもその都度補充されるのであれば、リリィの召喚は実質際限なしという訳だ。ただ、その数の力よりもサリーはウィルバートの方が気になった。

「必中……まあ、どこかにはあると思ってたけど」

　サリーにとってどうしようもないスキル。むしろ今まで出会わなかった程希少なことが幸運なのだろう。

「そーそー、私が見つけるまでは食らわないでよね。サリーは私が倒すって決めてるんだからさー」

「あ、それは先約がいるから無理だけど。でもありがとう、ちゃんと情報担当やってるんだね」

「……あの時ミスしただけだからねー、本当」

　かつてサリーに偽情報を掴まされた時のことを思い返して恥ずかしそうにしつつも、あんまりからかうとこっちもフェイクを混ぜると言ってのける。

「見破ってみせるよ」

「うえー、本当にできそうだから嫌だよねー。あと最後に一つ。その四人のテイムモンスター、まだ誰（だれ）も見たことないみたいだよー」

「分かった。助かったよ。ちゃんと情報持ってるの、やっぱりちょっと意外だったけど」

「…………六層に放り込んじゃおうかなー」

「ご、ごめんって」

軽口を叩き合いつつ、その後フレデリカのやる気が回復する度に何度か決闘を行ったものの、結果はいつも通りのものとなるのだった。

そうして、メイプル達がリリィと会ってから少し経って、いよいよ第九回イベントの内容と時期が発表された。

125名前：名無しの槍使い
完全協力型イベントか

126名前：名無しの弓使い
時期はもう少し先だな
前回と違って対人要素は一切ないらしい

127名前：名無しの大剣使い
となるとモンスターがかなり強いかもな
プレイヤーは結託するし

128名前：名無しの大盾使い
対人なしならとりあえず気楽にやるか
張り詰めてるのも嫌いじゃないけどな

129名前：名無しの弓使い
って言っても詳細はまだ殆ど出てないからなあ
分かってるのは探索重視なことと、八層に影響があるってことくらいだ

130名前：名無しの槍使い
四層の時の通行証みたいな感じと予想

131名前：名無しの大剣使い
あれも確かにそうだったな

協力型だし成果に応じて全員に配られるのかな

132名前：名無しの大盾使い
とりあえず時間加速ではないらしいから戦力不足なら期間中に適宜強化しつつだな

133名前：名無しの魔法使い
戦力強化……悪い俺強くなれるかもしれんわ

134名前：名無しの槍使い
どうした

135名前：名無しの魔法使い
テイムモンスターなのかレアイベントなのかは分からないけど人気（ひとけ）のない谷底に真っ白なモンスターがいてな
甲殻じゃないけどなんというか鎧（よろい）着てるみたいな見た目でさ明らかにヤバイオーラが出てる奴（やつ）

136名前：名無しの大剣使い

おおーマジ？　聞いたことないな

137名前：名無しの大盾使い
いいな　聖なる獣とか守護獣とかそういった類か

138名前：名無しの弓使い
これは先行かれるなあ

139名前：名無しの魔法使い
その時は準備できてなくてこっち見られた瞬間に逃げていったけど
しばらく通ってみるつもり

140名前：名無しの槍使い
頑張れー

141名前：名無しの大剣使い
戦力強化か目指せメイプルちゃんだな！

142名前：名無しの魔法使い
ああ！　追いつけたら嬉しいし探してみるわ

十章　防御特化と空の上。

その頃、掲示板で話されていた谷底では、一体の白い獣がモンスターを引き摺り回していた。どうやら攻撃能力はないらしく、一体に噛み付いたままもう一体を前足で掴み爪と牙で滅茶苦茶にしているもののダメージはない。

しかし、そんなことをされればモンスターは当然反撃に出るわけで、咥えられている槍を持ったゴブリンはなんとかそれで顔を突き刺してみせる。それは鎧のような外殻を傷つけ僅かにダメージを与えるが、突き刺す度に地面に光でできた剣が現れ、ダメージが減少していく。それでも抵抗しようとごく僅かなダメージを与え続けていると、噛み付かれていたゴブリンの体からダメージエフェクトが弾け始める。光る剣が増えたことにより強化されたステータスは特に防具をつけていないゴブリンの体を傷つけるに足るものとなったのである。

じりじりと死が近づいてくる中、抵抗の度強化される獣を前に単純な攻撃しか持たないゴブリンにできることはなかった。パリンと音を立てて砕けると、獣はうんうんと満足したように頷く。

「よしっ！　もっと試そう！」

そう言って、白い獣の中身であるメイプルは嬉しそうに次のモンスターを探す。

メイプルは【反転再誕】によって手に入った新たな体、【天上の守護獣】を使いこなすべく、深山を駆け回っていたのだ。硬質な外殻によって守られた白い体は【暴虐】から一転して聖なるものの印象を与える。違っている点は手足が二本ずつしかないことと炎が吐けなくなり、変身と同時にＳＴＲが伸びなくなったことだ。

メイプルの元のステータスも相まって最初はダメージは一切与えられないものの、その分強力な支援能力がある、味方からすればあるだけでありがたい置物になっている。

「ダメージを受けるたびに被ダメージが減少するフィールドの生成……フィールド内にいる味方のステータス上昇、ふんふんなるほど」

ダメージを受けるたびと言われたため、貫通攻撃を繰り出してくる槍持ちのゴブリンにつついてもらって効果を試していたのだ。

【暴虐】と同じように発生した外付けＨＰにダメージを受ける度、メイプルの周りに光そのもので作られた剣が刺さり、ダメージが減少する。ステータスも伸びるがメイプルは元々の値が低いためダメージを与えられるようになるには時間がかかる。

「五分しか続かないのもったいないなあ、いつか本当に手に入ったらいいのに！」

対となるスキル自体はまだどこかに隠されている可能性が高い。少なくとも黒い化物が走り回っている話は聞けども、似たような白い化物の話は耳にしない。もし手に入るならすぐに手に入れていつでも使えるようにしたいものである。

そうしてしばらく見た目の割には非力な体での移動の練習をしていたメイプルだったが、五分というのは早いもので、すぐに元の姿に戻ってしまう。

「もう終わっちゃった。うーん、【暴虐】って便利だったんだなあ」

そんなメイプルに運営からお知らせのメッセージが届く。内容はもちろん第九回イベントについてである。

「今回は皆で協力するんだ……イベント用フィールドは別にあるけど、時間加速じゃないってことはジャングルの時みたいな感じかなあ」

イベントフィールドに入るためには何かしら条件があるかもしれないが、より詳しい情報は続報を待つしかない。

「でもよかったー。協力なら得意だし！」

メイプルは新たな体を操る練習を終えると、一旦町へと戻ることにした。

町へと戻ってきたメイプルはサリーと合流し、早速、第九回イベントについて話し出す。

「まだもう少し先みたいだけどイベント来るみたいだね」

「うん、今回は皆で協力だって！」

「助かったかな。対人だと対策も固まってなかったし」

さらに八層も実装予定となれば、いよいよのんびりとした合間の時間も終わりということになるだろう。

「またやること多くなるねー」

「最後にどこか締めで行っておく？」

「うーん、そのために七層で星モチーフの観光スポット探したんだけど……思ってたのとは違うことになっちゃって」

それらしい情報から手に入ったのはまた妙なスキルであり、メイプルの探していたものとはまた違っていた訳だ。

「そんなメイプルに朗報です」

「はいはーい！　何ですかっ！」

「七層の分のヒント見つけちゃった」

「本当!?　うぅー、今回は私が先に見つけようと思ってたんだけどなあ……ダメだったかー」

「って言っても七層のは単純に観光って訳じゃなさそうなんだよね」

「浮遊城みたいな感じ？」

「そうそう、いい景色も兼ねてるってだけ。だから、結構強いモンスターが出そうなんだよね」

サリーは少なくともベルベットやリリィ達と行った場所よりは難易度が上だとメイプルに伝える。

「大変そう……でも、締めにふさわしいってことでもあるよね！」

「そそ、今回は昼でも夜でも問題ないからいつでも行けるよ」

「じゃあ早速行こー！」

「よしっ、じゃあ決まり。あとメイプルならそう言うと思って用意してもらってるものがあるから、一回ギルドホーム行こう」

「……？　うん、分かった！」

メイプルはサリーの後をついてギルドホームまで向かうのだった。


その頃、ギルドホームではイズが様々な製作道具を駆使して何かを作っている所だった。

イベントの発表もあったためか、ギルドメンバーは全員ギルドホームに集まっており、近況について話し合っていた。

「また次のイベントだな。テイムモンスターも結構強くなったし、準備万端ってとこだ」

「私もレベル上げはしてきたが、まだイベントの詳細は分からない。出てくるモンスターは強力だとは思うが……」

クロムとカスミは【楓(かえで)の木】の中ではレベルが高い二人である。ただ、レベルの高さだけでは有利ではあれど、勝てるとは言い切れないのが難しいところだ。

「協力型にも色々あるだろうし。僕らが八人で参加できるならそうそう負けないと思うけど……」

そう言いながらカナデは目の前の盤上の駒(こま)を進める。

「あっ！」

「えっと……」

「今回も僕の勝ちだね」

「「うぅ……」」

対戦相手だったマイとユイはがくっと肩を落とすものの、すぐにもう一戦申し込んで、カナデもそれを受け入れる。

「そういえばメイプルとサリーは今日は来てないのか」

「二人ならそろそろここに来ると思うわよ。サリーちゃんに頼まれてちょっと作業をね」

その作業が終わったイズが奥から出てきてクロムにそう返す。

「サリーがか、珍しいな……っと噂をすればってやつだな」

話しているとちょうどギルドホームの扉が開いてメイプルとサリーが揃って入ってくる。

「サリーちゃん、頼まれてたものできてるわ」

「ありがとうございます」

そうしてイズはインベントリを操作してサリーにアイテムを渡す。

「二人はこれからどこかへ行くのか？」

「サリーと二人で、イベント前最後の観光に！」

「いいね。楽しんでね。あ、お土産とかあると嬉しいな」

「うん、任せて！」

「ついでに面白いスキルとか見つけてきてもいいぞ」

「あはは……それはもう見つけてるみたいですけど……」

　メイプルのスキルを知っているサリーは少し遠い目をする。また偶然それを知っているクロムもそういえば一つ知っていたと同じ目をする。

「あぁ、そういやあの堕天……」

「まだ他にもあるみたいなので、イベントの詳細が出たらそれを含めて作戦立てましょう」

「おう、そうだな」

「じゃあ行ってきまーす！」

　ギルドの面々に手を振って出て行くメイプルとサリーを見送って、カナデとマイユイの二人は対戦に戻るが、イズとカスミはクロムの先程の言葉に反応した。

「堕天？　何だそれは」

「いや、メイプルは最近フィールド歩き回ってるから俺も直接見た訳じゃないんだが……何か【身捧ぐ慈愛】を真っ黒にしたのを見たってやつがな……」

「……それは、見た人は驚くでしょうね」

「ああ、どんなものかは分からないけどな。弱いってこともないと思うが」

「弱かったとしても警戒してくれるだろうな。君子危うきに近寄らずというものだ」

どこで何を見つけてきたのかは知らないが、ギルドマスターが強くなるなら大歓迎である。

「あ、そうだカスミ。聞きたいことがあったんだよな」

「私にか？」

「ああ。ハクを仲間にする時に谷底を探索したって言ってただろ。その時何か、鎧を着たみたいな白いモンスター見なかったか」

「……いや、そのようなモンスターは見ていないな。レアモンスターか？」

「カスミも見てないならそうなんだろうな。ってことは、テイムモンスターかレアイベントか」

「ふむ、そんなものがいたなら会いたかったものだな」

その正体はテイムモンスターでもなくレアイベントでもなく、ただのメイプルだと二人が知るのは、もう少し先の話。

いつも通りメイプルはサリーの馬に乗せてもらって目的地まで向かっていく。

「サリー、今回はどっちに行くの？」

「んー、雪山」

「塔の時以来だよね」

塔を攻略するイベントでは吹雪の中、雪山を下山してボスと戦った。下山と言ってもメイプルのそれは頂上からの防御力に任せたダイブでしかなかったが。

ベルベットと向かった頂上がコロシアムのようになっていた山や、ミィと向かった火山など、七層は広く山と言ってもいくつもある。

サリーの目指す雪山はその中でもひときわ高く、頂上は雲に隠れて霞んで見えない。

「私が見つけたのはヒントでしかないから、本当に合ってるかは行ってみないと分からないし、流石に全部正規ルートでいくとすごい時間がかかるからね」

「うんうん」

「ということで、ここはシロップに助けてもらおう」

「おっけー！　久しぶりだね」

「七層で色んな人が飛べるようになったから、当然飛んで登ろうとした人はいたんだけど、強力なモンスターが襲ってくるだけなんだって」

襲ってくるだけというのもおかしな話だが、メイプルとサリーならただのモンスター程度であれば撃退できるだろう。

「だからモンスター倒しながら中腹まで飛んでいくよ」

「一番上まではいかないんだね」

「流石にそれは無理みたい。ある程度強くて空を飛べるプレイヤー専用のショートカットでしかないみたいだからね」

そうして馬を走らせていくと、遠くに見えていた雪山が近づいてきて、二人は改めてその高さを実感する。険しく、見えている部分はほぼ垂直になっているがサリー曰く所々内部に入れる場所があるらしい。

「サリーが途中までって言ったの、どうしてか分かったかも……」

メイプルが麓から頂上を見上げると、分厚い雲が目に入る。上の方は黒い雲が垂れ込め、いかにも天気が悪そうだった。

「吹き飛んで落ちるくらいならメイプルは大丈夫そうだし、固定すればいいんだけど。ほら、溶岩踏んだ時みたいって言ったら分かる？」

溶岩。

それはイベントの塔で無傷での攻略を目指していたメイプルに初めて傷をつけた、最強の相手もとい地形である。

「それはダメだあ……うんうん」

「だから真ん中辺りまで。天気が悪くなり始める辺りで山をぐるっと回れば入れる場所が見つかるはず」

「おっけー！　じゃあれっつごー！」

メイプルはサリーをシロップの背に乗せるとゆっくりと浮上していくのだった。

【念力(サイコキネシス)】によってシロップを浮上させていくと、寒さこそ感じないものの雪がちらつき始めた。

それに合わせて、サリーの言っていたモンスターが向かってくる。それは全身が氷でできた鳥で、左右から三匹ずつけたたましい鳴き声とともに二人に襲いかかる。

「もっと強い氷の鳥知ってるもんね！【全武装展開】【攻撃開始】！」

メイプルはぐるっと体を回転させて両サイドから飛んでくる氷の鳥を撃つ。正確に狙(ねら)いをつけずとも、次々に放たれる銃弾やレーザーを避けきることはできず、氷を放つ間も与えられずに鳥は粉々になっていく。

「よーし！」

「いや、倒せてない！」

「うえっ⁉」

粉々になった氷の鳥は即座に空中で再生して、銃弾を受けながら迫ってくる。

「こういうのは火属性が定石！朧(おぼろ)【火童子】！」

サリーが炎を纏(まと)うのを見て、メイプルは決定打にならない兵器を一旦(いったん)しまってサリーに任せることにする。

「【身捧ぐ慈愛】【挑発】！」

サリーが攻撃しやすいようにメイプルはモンスターを引きつけて、万が一のために【身捧ぐ慈愛】も発動させておく。

【挑発】を使った上で攻撃せずに突っ立っていれば、当然氷の鳥は群がってくる。鳥達はメイプルの全身をくまなくつついて攻撃してはバシバシと氷の羽を叩きつけ、冷気と氷塊によってダメージを与えようとする。

「え、えっと凄いことになってるけど……」

「大丈夫！」

ベチベチと叩かれる鈍い音に紛れてメイプルの生存報告が聞こえてきたため、サリーは一体ずつ斬っていくことにする。

「朧【渡火】【妖炎】」

朧にさらに炎を使わせて、氷の鳥を倒していく。サリーにとっても、最早メイプルからモンスターを剥いでいくのは慣れたものだ。

「これで、最後！」

「ふぃー……ありがとー」

「でもまだまだ飛んで来てるんだけどね」

「うう、サリー頑張って！」

「任せて！　結局のところメイプルから剥ぎ取るだけだし！」

メイプルが鳥に滅茶苦茶にされている間もシロップはゆったりと浮上を続けていく。

目指している中腹に向かうにつれ、雪が強くなってくる中、何度も氷の鳥を処理していた二人は一際強い風を感じて身を屈める。

それは気のせいではない。ここまでと比べると明らかに天候が悪化しているのだ。

「ここが限界かな……」

「じゃあぐるっと回るね」

メイプルは高度を維持したまま、シロップの移動方向を横に変えて山肌のぎりぎりを回っていく。もちろんその間もメイプルをモンスターが襲うため、山にぶつからないように顔の部分だけ優先して剥がすようにして、見逃さないようゆっくり移動する。

「あった！　朧【渡火】！」

内部への入り口を見つけたサリーは、朧の助けを借りてモンスターを一気に倒すとメイプルにより壁へ近づかせる。

「よし、掴まってて」

「うん！」

「【跳躍】！」

サリーはメイプルを抱き抱えたままシロップから跳ぶと、山肌に沿うように突き出た足場に着地する。両側には山の中に続く上り坂の道と下り坂の道があり、二人が行くのはもちろん上である。

「ありがとうシロップ！」

「じゃあ行こう」

シロップを指輪に戻し、二人が内部に入るとそこは床も壁も青く光る氷に覆われていた。凍りついているとはいえ滑るわけではないようで、足場の心配はいらないため自由に歩いていける。

周りの環境がはっきりしていれば、モンスターの性質も予想がつくので、メイプルは自分でも攻撃できるように発火するお札を取り出して握っておく。

「氷地帯もちょっとは慣れてきたよ！」

「じゃあ、慣れではどうしようもないところはアイテムでカバーしよう。ちょっと待ってね？」

サリーはインベントリを操作するとイズに用意してもらったアイテムを取り出す。一つは外套、もう一つは赤い光が中でちらつく球体である。

「それを着てその球を使えば、氷属性の攻撃は大分威力が抑えられるし、【氷結耐性】もつくから」

メイプルはそれを聞くと早速両方使ってみせる。外套は分厚く、いかにも寒い場所に行くための服といった風だ。

「効果もあるし、雰囲気も出るでしょ？」

「うん！　いいと思う！」

「帰ったらイズさんにお礼言わないとね」

球体はいくつもあるため数が足りなくなることはない。他にも作ってもらったものはあるが、今のところはこの二つが役立つお助けアイテムというわけである。

二人が中を進んでいると、正面から三つの氷の塊が白く輝く冷気を纏ってフワフワと飛んでくる。

二人はそれを見てピタッと立ち止まると武器を構える。そうして出方を窺っていると氷の塊に青い光で目と口ができ、意思を持ったかのように向かってくる。

メイプルの【身捧ぐ慈愛】の範囲内なのもあり、サリーはぐっと前に踏み出し、素早く動く氷塊をスパッと斬り裂く。【火童子】によって纏った炎がダガーから氷塊に流れ込み、赤いダメージエフェクトが散る。サリーは手応えを感じつつ残る氷も撃破しようと足に力を込めた。しかし、斬り捨てて通り過ぎようとした氷塊の中から青い光が大量にこぼれだすのを見て、サリーは咄嗟にブレーキをかけてメイプルの方に【跳躍】する。

その直後、氷の爆ぜる音とともに氷塊は弾けて辺りに鋭い欠片を撒き散らす。ギリギリで察知して回避したため直撃することはなく、サリーはひとつ大きく息を吐いて立ち上がる。

「爆発するとは思わなかった。危ない危ない」

「心配しないで戦って！　【身捧ぐ慈愛】あるし！」

「うん、ありがとう。それに一度見たから爆発は大丈夫」

サリーが後退した隙に、顔のついた氷塊は口から輝く冷気を吹き出す。それは逃げ場のない狭い通路を吹き抜けていき、サリーが無理やり回避せずメイプルに任せることを選択したため、メイプルに二重に直撃する。

「どう？」

「何もなさそう。多分……？」

「ん、いつも通りでよかった！」

素早く確認を取るとサリーは再び前進する。この氷の塊は位置付けとしてはトラップに近く、HPが少ない代わりに下手に処理をすると一般人は致命傷を負うようにできている。

「よっと！」

サリーは残る二つの氷塊の間に滑り込むと、体をぐるっとキレよく回転させ、両手のダガーで氷塊をそれぞれ斬り裂く。

「ここは、【超加速】！」

先程は【跳躍】によって範囲から逃れたサリーだったが、今回は使えないため加速することによって走って爆発の範囲から逃れる。

滑り込むようにしてメイプルの元に戻ってきたサリーの背後で残る氷塊が爆ぜて白い冷気が氷の床を駆け抜ける。

「すごーい！　鮮やかかって感じ！」

「そう？　ありがと。あの爆発は念のため避けるね。氷の欠片が尖ってたし、貫通攻撃だと危ないから」

サリーはダメージ自体は負っていないが、繊細な動きの切り替えを要求されるため、もっと楽に倒せるならそれに越したことはないと、メイプルが提案する。

「じゃあ次は遠くから私が撃ってみる！　復活しても足止めになるし、その間にサリーが炎魔法で攻撃したらどう？」

「いいね。そうしよう。でもあんまり使いすぎないように」

「はーい！」

とりあえず氷塊相手なら問題ないと、二人は氷の道を進む。

「そうだ、メイプルはメダルスキルもう取ったの？」

「うん！　サリーが使ってたのがいいなって思ったから似た感じのにしてみた」

「……何かあったっけ？」

「ほら【水操術】！　だからおんなじ感じの【地操術】！」

メイプルはそう言ってニコニコ笑顔を見せつつ両手を突き出してピースサインを出す。

「ああー！　確かに属性分あったね。っていうかその属性にしたんだ」

「うん、シロップとも相性いいかなって」

「いいね。レベル上げれば面白いスキルも覚えるかも」

「サリーは？」

「じゃあ次の戦闘で見せるよ」

「楽しみにしてるね！」

少し進むと、そんな二人の前に氷でできた熊が現れた。青く透き通るその体からは先程の氷塊と同じように白い冷気が立ち上っている。

「お、ちょうどいいのが来たね。メイプル、盾を構えて……そうそう」

「だ、大丈夫だよね？」

「うん、行くよ！」

どうするのだろうと不安半分期待半分のメイプルをおいて、サリーは氷の熊に向かって走っていく。当然、熊もサリーに反応して距離を詰めに来る。

駆け出した姿を見てどんな攻撃スキルかと思っているメイプルの前でサリーはスキルを発動する。

「【変わり身】」

直後メイプルの視界が一瞬ブレたかと思うと、目の前には熊の氷の爪が迫っていた。

「うえっ!?　わっ……！」

思考が止まったメイプルだったが、サリーに言われた通りに構えていた大盾はメイプルの意思に関係なく【悪食】を発動させ、復活も何もさせることなく氷の熊を光に変えて飲み込んだ。メイプルはほっと一息つくと後ろを振り返る。そこでは上手くいったという表情のサリーが小さく手を振っていた。

「もー！　サリー！」

「あはは、ごめんごめん」

「びっくりしたよー。【蜃気楼(しんきろう)】見せてもらった時思い出しちゃった」

「本当、びっくりさせてごめんね。味方と自分の位置を入れ替えるスキル。上手く使えば攻撃にも防御にも活かせると思うんだ」

「サリーなら上手く使えそう」

「じゃあ起死回生の一手になるのを期待しててよ」

「うん！　あ、また来たよ」

「うわ……熊の巣か何か……？」

二人が話していると通路の奥からまた氷の熊がのそのそと現れる。二人の目的は熊と楽しく遊ぶことではないため、ここはさっさと切り抜けてしまいたいところだ。

【悪食】でぱぱっと抜けちゃおう！」

「賛成。かわりにボス戦は私が頑張るよ。炎も使えるしね」

「じゃあとっしーん！」

トコトコと走っていくメイプルはぱっと見は可愛らしいものだが、目の前に突き出しているのは触れるものすべて消し飛ばす盾である。

結果、メイプルが正面衝突する度に、パリンパリンと音を立てて氷は光に変わっていくのだった。

しばらく経(た)って、氷漬けの洞窟(どうくつ)内は青い氷に光が絶え間なく反射し、思わず目を閉じてしまうほど眩(まぶ)しく輝いていた。

「えいっ！」

「【フレイムバレット】！」

今メイプルが外套の下に着ているのは緑色の洋服である。この装備を身につける理由はもちろん【ポルターガイスト】によって兵器のレーザービームをそのままの形で剣のように振るうためである。

狭い通路に極太のレーザーを上下左右滅茶苦茶に振るっていると、時折湧(わ)いたばかりのモンスターを焼くことがある。ヒットしてしまえばあとは再生しようとしているところへ、サリーが炎の弾丸を撃つだけである。

「えいっ、やあっ！」

「んー、久しぶりに見るとこれもデタラメだなあ」

サリーは第二回イベントで偽メイプルと戦ったことを思い出す。偽メイプルでも【毒竜(ヒドラ)】を再利用する程度でここまで自在に振り回したりはしなかったというのに、【毒竜(ヒドラ)】以外も操れ、軌道の修正までできるのだからボスも形無しである。

「よっと！　あれ？」

熊や氷塊、途中から出てくるようになった氷の精やスノーマンを薙ぎ倒せるだけ薙ぎ倒して、凍って鏡のようになっていた通路中を輝かせていたビームは遂に見覚えのある扉に突き当たる。

メイプルは兵器を一旦しまうと装備を元に戻す。

「ボス？」

「うん。【ポルターガイスト】のお陰で想定よりかなり楽できたかな。これを倒して頂上に出るのが目的。もし、何もなかったらごめんね？」

「その時はボスの素材をお土産にしよう」

「ん、そうしよっか」

メイプルとサリーは二人で扉を押し開けると、部屋の中に入る。

そこには今までにも増して厚い氷に覆われた床と壁、最奥には透き通るような白い肌をして、青い衣をまとった女性がいた。女性に表情はなく、プレイヤーでないことは明白だ。雰囲気は道中に見た氷像と同じものを感じる。

二人が部屋の中に入り少しすると地面を冷気が吹き抜けて、爆発する氷塊が十数個一気に生み出される。

「勝つよ！」

「うん！」

こうして二人と氷の女王とでも言うべき存在との戦闘が開始されたのだった。

「【挑発】！」

メイプルは戦闘が始まると同時に【挑発】によって、召喚された氷塊を引きつけながらサリーとともに前進する。

「朧【渡火】！」

朧のスキルによって密集してきていた氷塊全てに炎が伝播し、一斉に青い光が漏れ始める。

「【ピアースガード】！」

それがいかに強力な爆発で、【身捧ぐ慈愛】によりサリーと朧の分が大量にヒットすると言っても、防御貫通さえ排除してしまえばなんということはない。

舞い散る氷の中、サリーは爆発をメイプルに庇ってもらったことで一気に接近する。

【ピアースガード】を発動している間は、メイプルの防御力を攻撃力で上回ることだけがこの二人を傷つける方法である。この絶好のタイミングを逃す二人ではない。

「【クインタプルスラッシュ】！」

「【カバームーブ】！【捕食者】！」

【身捧ぐ慈愛】を突破できないと見るや一気に攻勢に出る。ボス戦では後のことを考える必要がないのだから、ただ強い動きを押し付ければいい。

サリーの連撃すべては炎を散らしてその氷のような体を焼いていく。瞬間移動で追いついたメイプルは大盾を叩きつけ、さらに召喚した化物で追撃する。

するとボスの体は青く透き通った氷に変わりパリンと砕けて地面に落ちていく。

「えっ？」

「いや、この感じは……」

サリーが後ろから風を感じて振り返ると、巻き起こる吹雪の中でボスが再び形作られていくのが見えた。そして、その吹雪は氷の礫を伴って二人へと向きを変える。

「【カバー】！」

盾は構えずに悪食を温存しつつ、メイプルはサリーの前に出る。【身捧ぐ慈愛】を使っていても【カバー】で事足りるなら、その方が最悪の事態を避けられる。前に立ってしまえばサリーと朧に貫通攻撃が繰り返し命中することはありえない。

「ふぅ、よかった。ただの吹雪だったみたい」

「体凍ってるけど」

メイプルの体は所々凍りついており、青い氷に覆われていた。

「……別に何ともなさそうだよ？」

「ステータスダウンかな」

「あっ、サリー正解！」

「流石に重なりすぎると危ないかもだから、やばそうだったら盾構えてね！」

そう言うとサリーは再び前に出る。先程のサリーのコンボは途中からボスがただの氷に入れ替わっていたため、致命傷とまではいかなかったが、それでもかなりのダメージを与えられている。

接近するサリーに対してボスは地面に手をつくとそこから輝く冷気を噴出させる。

「【氷柱】！」

サリーは氷の柱を作ると糸を伸ばして上空に避難する。

「ヒナタの方がよっぽど厄介……【フレイムバレット】【ファイアボール】！」

威力自体は高くないものの、安全圏から弱点を突いた攻撃で的確にボスのHPを削る。ボスは適宜道中で見たモンスター達を呼び出すが、それはすべて【挑発】によってメイプルに引き寄せられていく。本来なら集め過ぎれば対処できなくなってしまうものだが、メイプルは最悪対処しなくてもいいのだから訳が違う。

「サリー、こっちは任せて！」

「助かる！」

集団の強みはメイプルに潰してもらい、サリーは自分の得意な一対一のフィールドに勝負を持ち込む。

「朧【拘束結界】！」

いくつものパターン。その中でより良いものから順に試行する。

朧による拘束が成功すると、サリーは流れるように体を前へ動かす。

「【激流】！」

大量の水がサリーを押し流すようにして動きを加速させる。相手の攻撃を避けやすい位置をキープして、きっかけとともに一気に攻勢に転じるのだ。

「朧【妖炎】！【鉄砲水】【トリプルスラッシュ】！」

【拘束結界】の効果が切れると同時に【鉄砲水】で跳ね上げてボスが動くことを許さない。この強さはサリーだって当然知っている。

「退くか……【ファイアボール】」

最後に、跳ね上げたボスに炎をぶつけるとサリーは一旦距離を取ってメイプルの方を見る。メイプルは下手に刺激して貫通攻撃を発動してもまずいと、特に手を出さずに氷像や雪像など氷のモンスターになすがままにされているが、ＨＰが減っていないということは問題ないのだろう。

「メイプル」

「あ、うん！【カバームーブ】！」

メイプルは瞬間移動でモンスターから抜け出してサリーの元までやってくる。

これで二人がボス部屋の中心におり、両側にボスと大量の雑魚モンスターという形になった。

二人がまずボスを警戒していると背後で氷の砕け散る音が響く。チラリとそちらを見ると召喚されたモンスターが崩れ、それと同時にボスの纏う吹雪が強くなっていくのが分かる。

「来るよ」

「うん！　【ピアースガード】！」

念のためにメイプルが貫通無効スキルを発動させたところでパキパキという氷の上に氷が張る音とともに部屋全体に白い冷気が吹き抜ける。

それが晴れると同時、サリーは足元の光が消えたことに気づく。メイプルの方を見ると【身捧ぐ慈愛】は解除されており、またサリー自身が纏っていた【剣ノ舞】のオーラも消えている。

サリーは最悪のケースを考えスキルを発動しようとするが、発声よりも早く地面から氷が伝い、二人の足を縫い止める。

ボスは残りＨＰが少なくなり行動パターンが変化したようで氷の剣を持って、雹混じりの吹雪を纏って駆けてくる。

「解除されるまで……後何秒……？」

サリーがどの順番でスキルを使えば生き残れるかを高速で思考していると、不意に足元の感覚がなくなり、視界が真っ暗になる。

「っ……！　死んだ……？」

サリーはこのゲームを始めてから、味わったことのない感覚にその可能性を考える。しかし、隣から聞き覚えのある声が聞こえてきてそうではないと理解した。

「あ、ちゃんとサリーもいる！　よかったー……」

「メイプル!?　えっと……ここ、どこ？」

「え？　地面の中だよ」

「ん……？」

「言ったでしょ、新しいスキル覚えたって！　【大地の揺籠(ゆりかご)】って言ってほんの少しだけ地面に潜ってから出てくるの」

「そ、そっか？　何はともあれ助かったよ」

「ふふふー見ててね」

「……？」

よく分からないといった風なサリーの前で、メイプルは急いだ様子で何やら下準備を進める。


二人が消えた地上では、ボスが真上で立ち止まって二人が出てくるのを待っている。そうしているとメイプルのスキルの効果時間が切れたのか地面が揺れる。

それと同時に地面から押し出されるようにして、メイプルとサリーが姿を現す。

大量の付属品と共に。

漆黒の玉座に座ったメイプルは花園と化物、泥濘(ぬかる)む大地と相手を眠らせる花を散らせながら戻ってきたのである。

地面の中で発動した設置型のスキルは、地上に戻ってくる際に地中に残るわけにもいかず上に弾き出される。

それはまるで獲物をじっと待つ捕食者のように。突如出現した超危険地帯にボスは強制的に入った状態でスタートさせられる。

「【水底への誘い】」

性質が反転し悪属性を封じることがなくなった玉座の上から、下半身が沈んだボスに五本の触手が伸ばされる。そこに残った【悪食】はサリーが削り残した分のＨＰをしっかりと飲み込んだのだった。


戦闘が終わり、触手や花園、玉座などを全部しまったメイプルは上手くいって良かったとほっとする。

「他のプレイヤーを一緒にっていうのは初めてだったから……サリーがいた時安心したよー」

「こっちこそ、助かったよ。いいスキル取ったね。しかもまだまだ伸び代もある」

「レベル上げるのがちょっと大変だけどね。もう一回使えるようになるまで時間かかるのに、これしか使えないから」

「じゃあ使えるようになる度に地面に潜らないとだね。流石にどこでもやってたら見た人に驚かれそうだけど。で、ボスも倒したし」

「待ってました！　どこ？　どこに行ったらいいの？」

「付いてきて、奥に頂上へ出られる抜け道があるはず」

ボス部屋をくまなく探索すると、サリーの言うように壁に隙間があり、そこを通っていけば上に出られそうだった。二人は姿勢を変えながら氷の隙間をすり抜けて、頂上に出る。

「こっちは、穏やかだね」

「おおー！」

そこは嵐の上の世界。浮遊城からの景色にも似た雲の海の上。昼間故に上にはどこまでも青空が広がっている。

二人が並んで立つのが精一杯の狭さの頂上から遠くを眺める。

「んー、夜に来た方が良かったか。浮遊城行ったしなあ……反省反省」

「でもやっぱり綺麗だよ！」

「ふふ、メイプル。言ったでしょ夜でも昼でも同じって」

「……？　うん、言ってた」

「間違ってたらごめんね。落としはしないからさ」

そう言うとサリーはメイプルを抱き上げる。

「えっ？　えっ？」

「行くよ！　【跳躍】！」

サリーは不安定な足場を蹴って空へ跳び上がると、そのまま空中に足場を作ってぐんぐんとより高くへ跳んでいく。

「わっ、と……本当に来た」

「な、何が……えっ？」

サリーがいくつもの足場を跳び上がった所で、二人の体は重力から解放されたように宙に浮く。

そして、真上には青空の中にくっきりと紺色の魔法陣が浮かんでいた。

「はは、確証なく試せる人がいるなら見てみたいなあ」

「わわっ！」

「転移するよ」

サリーのその言葉を最後に二人の姿は消えて、それから少しして、紺色の魔法陣もまた空に溶けて消えていった。

メイプルは瞑っていた目をゆっくりと開く。体は変わらず浮遊感の中にあるものの、周りの景色ははっきりと見えた。

以前、地下でサリーと見たのはまるで夜空の中にいるような景色だった。しかし、今回はそれとは明確に違うところがある。

メイプルは今まさに夜空の中に浮かんでいたのである。

本当の空はこんな風ではないけれども、そんなことはどうだってよかった。目の前を過ぎていく光は地上から眺める星空を切り取って、その中に自分が飛び込んだように思える近さである。

ふわふわとした感覚の中、共に転移してきたサリーと背中合わせになる。

「本当にここで合っててちょっとびっくりした」

「急に空にジャンプしていくんだもんね。あんなの偶然じゃ気づかないよ」

「どうだろ、メイプルだったら兵器で爆発して飛び込んじゃったりしてたかも」

「あはは……」

「否定しないんだ……」

サリーは肩越しにメイプルの方を見ると、目の前を通り過ぎていく光を一つ摘んですっと投げる。

「ふふ、流れ星が作れるね」

「これ掴めるんだ！」

メイプルはサリーの真似をして光を掴んでは投げてみせる。

「んー、小さくなった宇宙の中にいる感じかな？」

「あ、それ分かりやすいかも！」

メイプルとサリーは二人で光の粒を投げ合いながら、ふわふわと漂って、分かりやすく大きく作られた月に並んで座って星を眺める。

「あ、そうだイズさんに食べ物も作ってもらってたんだ」

「え、本当！」

「うん、今出すよ。って言っても……」

サリーがインベントリからバスケットを取り出すと、それはふわふわと浮かんで飛んでいきそうになる。慌ててそれを掴もうとして一緒に飛んでいきそうになるメイプルをサリーが支えて、ようやくバスケットから飲み物と食べ物を取り出すことができた。

「かんぱーい！」

「うん、乾杯」

「んー美味しい！　……今日は何だか始めてすぐの頃を思い出すことが多かったかも」

「雪山の強敵とか夜空の下でのご飯とか、あと私のスキルとか？」

サリーがそう言うとメイプルは目を丸くする。

「えへへ、サリーもそう思ってた？」

「うん……懐かしいなって、振り返ってた」

「でもイズさんの料理の方が美味しいけどね」

「それはそうだね」

サリーは片手でグラスを持ちつつ、目の前を通り過ぎようとした光を捕まえて空いた手で弄ぶ。

「あ、今度こそ私が絶景を見つけてくるからね！　イベント始まっちゃうし、まだ先になりそうだけど」

「期待してる」

「うん！　期待してて！」

サリーは星空を眺めると、片手で弄んでいた光をぽいっと投げて、飲み物を飲み干す。

「ずっとこのままいたいくらい」

「うんうん！　綺麗だよね！」

「ふふっ……そうだね」

とはいえ本当にずっとここにいるわけにもいかないため、持ってきたバスケットの中身を空にした二人は、約束通りギルドの皆にお土産を用意して帰ることにした。

「ここの記念品はこれだね」

サリーはそう言っていくつかの星を手の中に収める。するとそれはアイテムに変化し、かわりに瓶の中に収まった。

「『一摘みの星屑（ほしくず）』だって」

「人数分持って帰ろう！　……消えてなくなっちゃったりしないよね？」

「多分大丈夫だと思うよ」

こうして二人はギルドメンバーの分も記念品を手に入れて、イベント前最後の観光を締めくくるのだった。

エピローグ

最後の観光から時間は過ぎて、第九回イベントの詳細が明らかになった。

今回は専用フィールドは特にないものの、各層ごとに期間限定のモンスターが追加され、その累計討伐数に応じて八層での一部要素が初期開放されたり、全員にメダルが配られたりするというものだった。

【楓の木】ではその詳細を見て、とりあえず今回は気を張る必要もなさそうだと一安心する。

「ギルドごとのランキングなんかもないみたいだしな。完全にプレイヤー全員でどれだけ倒せるかって感じじか」

「私としてはこの追加モンスターの素材が気になるわね。今回のイベントは八層と関係性が強いみたいだし、何かいい素材かもしれないわ」

「レベル上げのついでに狩ればいいというのは楽でいいな。それに全員にメダルが配られるのだから、総じてモチベーションも高くなるだろう」

「最近は難易度の高いイベントが続いていたからねー。気軽にやれるのは僕にとっても助かるな。魔導書もまた貯められそうだし」

「私達も頑張ろう、お姉ちゃん！」

「う、うん！　少しでも多く倒したいね。新しいスキルも覚えたし……」

「他ギルドへの対策は次のイベントまで持ち越しても大丈夫そうかな……ふー、助かった」

正直なところ、今すぐＰｖＰと言われてもサリーには厳しいものがあった。

雪山での戦闘で、万全の状態から一瞬で崩す方法がいくらでもあることは改めて実感できたのだ。対策と呼べるようなスキルを探しておく必要がある。

「八層にあるならそれでもいいんだけど……どうかなあ」

サリーは来るＰｖＰに思いを馳せているが、メイプルはすでに次のイベントで頭がいっぱいのようだった。

「久しぶりにいっぱい倒さないといけないイベントだー。でも今は【暴虐】もあるし！」

メイプルが【暴虐】で駆け回っている姿は、七層にいるプレイヤーからすればもう見慣れた光景である。隠す必要もない今、フィールドを駆け回り指定されたモンスターを倒すのに足りない機動力を補うためにちょうどいいスキルだと言えるだろう。

「それじゃあ第九回イベントは、各自頑張るということで！」

全プレイヤーでの協力とはいえ、【楓の木】のような個々の戦闘力が高いギルドはパーティーを組んでまとまって移動していると効率が落ちてしまう。ベストなのはそれぞれが単独で戦い、湧いたモンスターから倒していくことだろう。

【楓の木】の面々もそれぞれに異論はないようで、それぞれその方針で構わないとする。

「それに一体は一体だし、人の少ない層とかエリアに行くのがいいかもな。イズの言っていたように本命は素材って線もある」

層ごとに追加モンスターのレベルは異なるため、自分に合った場所に行くのがベストである。

「ただ、期間の長さだけは少し気になるな。私達に余裕を持たせているからなのか……」

気にしていても仕方ないかとカスミはそこで言葉を止める。

それに期間が長いと一つ思い出されることがある。牛狩りイベントの時、メイプルがどんな風になったかである。

メイプル本人とその時のことを知らないマイとユイの極振り三人組は、何かこそこそと話をする五人を気にしつつも、三人でイベントへの士気を高める。

「二人とも頑張ろーね！」

「はい！」

「またメダルも貰えますから……」

それを聞きつつ、メイプルが脱線していきうる嬉しいような怖いようなイベント期間に向けて、【楓の木】は最後のレベル上げをするのだった。

あとがき

ふと目について十巻を手にとってくださった方にははじめまして。既刊から続けて読んでくださっている方には応援し続けていただけていることに深い感謝を。どうも夕蜜柑（ゆうみかん）です。

十巻ということで、巻数も二桁（ふたけた）になりここまで来れたことを嬉しく思います。十巻に至るまで、様々なことを経験することができました。コミカライズ、アプリゲーム、ＴＶアニメ化、どれも経験することのなかったかもしれなかったことで、皆様あっての今だと感じるばかりです。

さて、ＴＶアニメはどうだったでしょうか？　楽しんでいただけたのなら幸いです。元々は文字だけでスタートしたこのお話も、今はキャラクターの声がつく所まで来てしまったのですから、楽しいような、すごすぎて怖いような、不思議な気分です。とすると今は書籍の文章から、より鮮明にキャラクターの表情や声が読み取れるようになっているかもしれません。もっとも、技術が向上したというよりは多くの人に様々な形で支えてもらっている結果なのでしょうけれど。一人で始めたものがここまで来たということを改めて感じます。

また、続編についての情報も気長に待っていただければと思います。もう一度皆様にメイプル達の冒険の続きを届けられるように私も頑張ります！

そして十巻ですが、物語は少し一区切りついて、一巻のような雰囲気に近いものとなっています。メイプルとサリーの探索と観光、そしてメイプル達の新たな関係と今後を楽しんでもらえればと思います。……思えば、新たなキャラクターの姿が皆様の中ですぐに一致するのも変わった点ですね。メイプルがどんな見た目か、初めてイラストになるまで一年以上あったのですから。体感ではあっという間でしたが、本当に随分と時間が経ったようです。

と、振り返りばかりになりましたが、今回はこの辺りで締めさせていただきたいと思います。繰り返しにはなりますが、コミカライズ、アプリゲーム、ＴＶアニメ、もちろん書籍の方も今後ともよろしくお願いいたします！

随分と長く続けてきましたが。
まだまだメイプル達のお話には続きがありますから。
これからもよければ応援していただければと思います。
そして、いつかの十一巻でお会いできる日を楽しみにしています！

夕蜜柑

カドカワBOOKS

痛(いた)いのは嫌(いや)なので防御力(ぼうぎょりょく)に極振(きょくふ)りしたいと思(おも)います。10

2020年8月10日　初版発行
2022年12月10日　4版発行

著者／夕蜜柑(ゆうみかん)

発行者／山下直久

発行／株式会社KADOKAWA

〒102-8177
東京都千代田区富士見2-13-3
電話／0570-002-301（ナビダイヤル）

編集／カドカワBOOKS編集部

印刷所／暁印刷

製本所／本間製本

●お問い合わせ
https://www.kadokawa.co.jp/（「お問い合わせ」へお進みください）
※内容によっては、お答えできない場合があります。
※サポートは日本国内のみとさせていただきます。
※Japanese text only

Printed in Japan
ISBN 978-4-04-073759-1 C0093